स्वस्थ रहने का विज्ञान

स्वस्थ रहने का विज्ञान

वॉलेस डी. वॉटल्स

प्रभात पेपरबैक्स
www.prabhatbooks.com

प्रकाशक

प्रभात पेपरबैक्स

4/19 आसफ अली रोड, नई दिल्ली–110002

फोन : 23289777 • हेल्पलाइन नं. : 7827007777

इ–मेल : prabhatbooks@gmail.com ❖ वेब ठिकाना : www.prabhatbooks.com

संस्करण

प्रथम, 2021

अनुवाद

पारितोष मालवीय

मूल्य

दो सौ रुपए

अ.मा.पु.स. 978-93-90378-43-2

मुद्रक

आर–टेक ऑफसेट प्रिंटर्स, दिल्ली

SWASTH RAHANE KA VIGYAN
by Wallace D. Wattles
(Hindi translation of 'THE SCIENCE OF BEING WELL')

Published by **PRABHAT PAPERBACKS**
4/19 Asaf Ali Road, New Delhi-110002

ISBN 978-93-90378-43-2

₹ 200.00

प्रस्तावना

यह पुस्तक अपनी शृंखला की दूसरी पुस्तक है। पहली पुस्तक थी—'धनवान् बनने का विज्ञान'। वह पुस्तक केवल उन लोगों के लिए थी, जो धन कमाने की चाह रखते हैं और यह पुस्तक उन लोगों के लिए है, जो स्वस्थ रहना चाहते हैं और जो दार्शनिक निबंध के स्थान पर व्यावहारिक गाइड या पुस्तक चाहते हैं।

यह पुस्तक जीवन के वैश्विक सिद्धांत के प्रयोग का तरीका सिखाती है और सिखाने का मेरा प्रयास इतना सरल है कि भले ही पाठक ने कभी नए विचारों या अध्यात्म को नहीं पढ़ा हो, इस पुस्तक के जरिए वह संपूर्ण स्वास्थ्य को प्राप्त कर सकता है। समस्त आवश्यक बातों को बनाए रखने के साथ-साथ मैंने सावधानीपूर्वक समस्त अनावश्यक बातों को हटा दिया है। मैंने इस पुस्तक में किसी भी तरह की तकनीकी, गूढ़ एवं कठिन भाषा के प्रयोग से परहेज किया है और पूरी पुस्तक में एक समान दृष्टिकोण अपनाया है।

जैसा कि शीर्षक से स्पष्ट है, यह पुस्तक विज्ञान के बारे में है, अनुमान के बारे में नहीं। ब्रह्मांड के बारे में वेदांत सिद्धांत—यह सिद्धांत कि तत्त्व, मस्तिष्क, चेतना और जीवन एक ही तत्त्व के विभिन्न रूप हैं, को ज्यादातर विचारकों ने स्वीकार किया है और यदि आप इस सिद्धांत को स्वीकार करते हैं तो आपको तार्किक निष्कर्ष निकालने में कोई परेशानी नहीं होगी।

इसका सबसे उज्ज्वल पक्ष यह है कि इन विचारों और तरीकों को लेखक द्वारा न सिर्फ स्वयं पर अपनाया गया है, बल्कि बारह वर्ष के निरंतर अभ्यास के दौरान सैकड़ों अन्य लोगों पर भी सफलतापूर्वक आजमाया गया है।

स्वस्थ रहने के विज्ञान के बारे में मैं इतना कह सकता हूँ कि यह कारगर है और जहाँ भी इसके नियमों का पालन होता है, इसके कारगर होने की संभावना शत-प्रतिशत है। ज्यामिति विज्ञान भले ही असफल हो जाए, स्वस्थ रहने के विज्ञान के असफल होने की संभावना नगण्य है। यदि आपके शरीर की कोशिकाएँ इतनी क्षतिग्रस्त नहीं हुई हैं कि जीवन ही संभव न हो तो आप स्वस्थ हो सकते हैं और यदि आप एक निश्चित तरीके से सोचते व कार्य करते हैं तो आप अवश्य स्वस्थ होंगे।

जो व्यक्ति भोजन ग्रहण करने के स्वैच्छिक क्रिया-कलाप के बारे में विस्तार से जानकारी प्राप्त करना चाहते हैं, मैं उन्हें होरास फ्लेचर एवं एडवर्ड हूकर डेवे को पढ़ने का परामर्श दूँगा। यदि आप चाहें तो अपने विश्वास को समर्थन देने के लिए इनका अध्ययन करें, लेकिन साथ ही यह चेतावनी भी देना चाहूँगा कि इसके साथ विपरीत मान्यताओंवाले सिद्धांतों एवं अभ्यासों का अध्ययन न करें। यदि आप स्वस्थ होते हैं तो ऐसा सिर्फ सही दिशा में पूरे मन से विचार करने एवं जीने से होगा।

याद रखें, स्वस्थ रहने का विज्ञान प्रत्येक व्यक्ति के लिए संपूर्ण एवं पर्याप्त गाइड होने का दावा करता है। इसमें दिए गए परामर्श के अनुसार सोचेंगे और व्यवहार करेंगे तथा प्रत्येक परामर्श का पूरी तरह पालन करेंगे तो आप अवश्य ही स्वस्थ होंगे और यदि आप पहले से ही स्वस्थ हैं तो स्वस्थ बने रहेंगे।

भरोसा रखें कि जब तक आप संपूर्ण रूप से स्वस्थ हैं, तब तक आप आगे बढ़ते रहेंगे।

—वैलेस डी. वाटेल

अनुक्रम

1
स्वास्थ्य के सिद्धांत

'धनवान् बनने का विज्ञान' की ही भाँति 'स्वस्थ रहने का विज्ञान' में भी कुछ आधारभूत सत्यों को प्रारंभ में ही जानना और बिना किसी प्रश्न के स्वीकार करना आवश्यक है। इनमें से कुछ सत्य निम्नवत् हैं—

सभी क्रिया-कलापों के प्राकृतिक एवं सुचारु रूप से चलते रहने से स्वास्थ्य का निर्माण होता है और समस्त क्रिया-कलापों का प्राकृतिक रूप से काम करते रहना प्राकृतिक जीवनचर्या के फलस्वरूप संभव होता है।

इस ब्रह्मांड में जीवन का एक निश्चित सिद्धांत है और एक ही जीवित तत्त्व से सभी वस्तुओं का निर्माण हुआ है। यही जीवित तत्त्व ब्रह्मांड के अंतराल में प्रवेश कर उसे भरता है, किसी परिशुद्ध और फैलने योग्य ईश्वर की तरह सभी चीजों के अंदर व बाहर विद्यमान है। समस्त जीवन इससे ही आता है—और इसका जीवन ही सभी का जीवन है।

मनुष्य इसी जीवित तत्त्व का एक रूप है और अपने भीतर स्वास्थ्य के सिद्धांत को समाए हुए है ('सिद्धांत' शब्द का प्रयोग अर्थ-स्रोत के रूप में किया गया है)। एक पूरी तरह से सक्रिय व्यक्ति में स्वास्थ्य का सिद्धांत उसके जीवन की प्रत्येक ऐच्छिक क्रिया को संपन्न करने में सहायक होता है। किसी व्यक्ति के उपचार में यही स्वास्थ्य का सिद्धांत कार्य करता है, चाहे जो चिकित्सा-प्रणाली या उपचार अपनाया गया

हो, एक निश्चित दिशा में सोचने से स्वास्थ्य के सिद्धांत को रचनात्मक गतिविधि में परिणत किया जा सकता है।

अब मैं अपने इस अंतिम कथन को साबित करता हूँ। हम सभी जानते हैं कि उपचार की कई विधियाँ हैं, जिनमें से कई तो परस्पर विपरीत हैं। एलोपैथी का चिकित्सक एक प्रतिविष औषधि की ताकतवर खुराक देकर मरीज का उपचार करता है और होम्योपैथिक चिकित्सक उस बीमारी विशेष के समान ही अन्य विष की सीमित मात्रा देकर मरीज का उपचार करता है। यदि एलोपैथी ने किसी बीमारी का उपचार किया है तो यह निश्चित है कि होम्योपैथी ने उस बीमारी का उपचार नहीं किया है और यदि होम्योपैथी ने किसी बीमारी का उपचार किया है तो एलोपैथी संभवत: उस बीमारी का इलाज नहीं कर सकती।

अब मैं अपने इस अंतिम कथन को साबित करता हूँ। हम सभी जानते हैं कि उपचार की कई विधियाँ हैं, जिनमें से कई तो परस्पर विपरीत हैं। एलोपैथी का चिकित्सक एक प्रतिविष औषधि की ताकतवर खुराक देकर मरीज का उपचार करता है और होम्योपैथिक चिकित्सक उस बीमारी विशेष के समान ही अन्य विष की सीमित मात्रा देकर मरीज का उपचार करता है।

ये दोनों उपचार-पद्धतियाँ सिद्धांत और व्यवहार में परस्पर विरोधी हैं, फिर भी ये ज्यादातर बीमारियों का इलाज करती हैं। यहाँ तक कि एक ही उपचार-पद्धति के भिन्न चिकित्सकों द्वारा दिए जानेवाले परामर्श भी प्राय: भिन्न होते हैं।

बदहजमी की शिकायत के साथ एक दर्जन चिकित्सकों के पास जाएँ और उनके द्वारा दिए जानेवाले परामर्श की तुलना करें। इस बात की पूरी संभावना है कि उनके द्वारा दिए

गए परामर्श में आपस में कोई समानता न हो। क्या हमें यह निष्कर्ष नहीं निकालना चाहिए कि उन चिकित्सकों के मरीज उनमें मौजूद स्वास्थ्य के सिद्धांत से स्वत: ठीक हुए हैं, न कि चिकित्सक के परामर्श से?

केवल यही नहीं, इसी बीमारी का उपचार हड्डी को बिठाकर, प्रार्थना द्वारा उपचार करनेवाली कुछ प्रार्थनाएँ कराकर, खाद्य वैज्ञानिक द्वारा भोजन के माध्यम से, ईसाई वैज्ञानिक धर्म-आधारित कथन के द्वारा, मनोविज्ञानी द्वारा पुष्टीकरण के माध्यम से एवं स्वच्छता-विज्ञानी द्वारा जीवन-पद्धति में परिवर्तन करके किया जाता है।

इन सभी तथ्यों को संज्ञान में लेकर क्या हमें यह निष्कर्ष नहीं निकालना चाहिए कि इन सभी लोगों में एक समान स्वास्थ्य का सिद्धांत मौजूद है, जो उपचार करता है और इन समस्त पद्धतियों में कुछ तो ऐसा है, जो अनुकूल दशा में स्वास्थ्य के सिद्धांत को सक्रिय करता है? इस प्रकार औषधियों, हड्डी बिठाना, प्रार्थना, खाद्य तत्त्वक, पुष्टि एवं स्वच्छता अपनाने आदि से उपचार तभी संभव है, जब वे स्वास्थ्य के सिद्धांत को सक्रिय कर पाएँ और वे तब असफल हो जाते हैं, जब स्वास्थ्य के सिद्धांत को सक्रिय नहीं कर पाते।

इन सभी तथ्यों को संज्ञान में लेकर क्या हमें यह निष्कर्ष नहीं निकालना चाहिए कि इन सभी लोगों में एक समान स्वास्थ्य का सिद्धांत मौजूद है, जो उपचार करता है और इन समस्त पद्धतियों में कुछ तो ऐसा है, जो अनुकूल दशा में स्वास्थ्य के सिद्धांत को सक्रिय करता है?

क्या इससे यह साबित नहीं होता कि अंतत: परिणाम इस बात पर निर्भर करता है कि मरीज उस उपचार-पद्धति के बारे में किस तरह से सोचता है, न कि उस उपचार-पद्धति में दिए गए परामर्श पर।

एक पुरानी कथा इस विषय पर बहुत अच्छी तरह से प्रकाश डालती

है। कथा इस प्रकार है—मध्य काल की बात है। कहा जाता है कि एक मठ में रखी संत की अस्थियों के स्पर्श मात्र से बीमार लोगों का उपचार हो जाता था। एक निश्चित तिथि पर लोगों की भीड़ उन अस्थियों को स्पर्श करने के लिए जुटती और अस्थियों के स्पर्श मात्र से उनके रोगों का उपचार हो जाता।

ऐसे ही अवसर की एक संध्या को कुछ शरारती धर्म-विरोधी लोग उस पिंजड़े तक पहुँच गए, जिसमें संत की चमत्कारी अस्थियाँ रखी हुई थीं और वे उसे चुराने में कामयाब हो जाते हैं। अगली सुबह जब भक्तों का रेला उस मठ के दरवाजे पर अस्थियों को स्पर्श करने के लिए मौजूद था, मठ के पुजारियों को चमत्कारी अस्थियों के गायब होने का पता चला।

ऐसे ही अवसर की एक संध्या को कुछ शरारती धर्म-विरोधी लोग उस पिंजड़े तक पहुँच गए, जिसमें संत की चमत्कारी अस्थियाँ रखी हुई थीं और वे उसे चुराने में कामयाब हो जाते हैं। अगली सुबह जब भक्तों का रेला उस मठ के दरवाजे पर अस्थियों को स्पर्श करने के लिए मौजूद था, मठ के पुजारियों को चमत्कारी अस्थियों के गायब होने का पता चला।

उन्होंने इस मामले में चुप रहने का निर्णय लिया, ताकि चोर पकड़ में आ जाएँ तथा चोरी गई अस्थियाँ बरामद हो जाएँ। उन्होंने जल्दी-जल्दी मठ के तहखाने की खुदाई शुरू की, जहाँ कई वर्षों पूर्व एक हत्यारे को दफनाया गया था। उन्होंने हत्यारे की अस्थियों को उस पिंजड़े में रख दिया, जिसमें संत की पवित्र अस्थियाँ रखी हुई थीं। उस दिन उन्होंने चमत्कार न हो पाने का कोई स्वीकार्य बहाना ढूँढ़ा और बाद में उन्होंने इंतजार कर रहे बीमारी से ग्रस्त मरीजों को आने दिया।

उनके आश्चर्य की उस समय कोई सीमा नहीं रही, जब उन्होंने पाया कि उस हत्यारे की अस्थियाँ भी संत की अस्थियों की ही तरह चमत्कारिक सिद्ध हुईं। एक पादरी ने तो अपने संस्मरणों में यह लिखा भी है कि सभी मरीजों में उपचार की शक्ति स्वत: मौजूद होती है और यह किसी की अस्थियों में नहीं होती।

यह कहानी सच्ची है या झूठी, इससे कोई फर्क नहीं पड़ता; लेकिन यह सभी पर समान रूप से लागू होती है। प्रत्येक मरीज में उपचार की शक्ति स्वत: विद्यमान होती है और यह सक्रिय होगी या निष्क्रिय, यह व्यक्ति द्वारा अपनाए गए शारीरिक व मानसिक तरीकों पर नहीं, बल्कि इस बात पर निर्भर करता है कि मरीज इन तरीकों के बारे में क्या सोचता है? जैसा कि ईसा मसीह ने कहा है कि 'एक महान् आध्यात्मिक उपचार शक्ति है और प्रत्येक व्यक्ति में स्वास्थ्य का एक सिद्धांत होता है, जो उपचार शक्ति से संबंधित होता है। इसका सक्रिय या निष्क्रिय होना व्यक्ति के विचारों पर निर्भर होता है। वह एक निश्चित दिशा में सोचकर इसे यथाशीघ्र क्रियाशील कर सकता है।

प्रत्येक मरीज में उपचार की शक्ति स्वत: विद्यमान होती है और यह सक्रिय होगी या निष्क्रिय, यह व्यक्ति द्वारा अपनाए गए शारीरिक व मानसिक तरीकों पर नहीं, बल्कि इस बात पर निर्भर करता है कि मरीज इन तरीकों के बारे में क्या सोचता है?

आपका स्वस्थ होना किसी विशेष उपचार-पद्धति या औषधि पर निर्भर नहीं करता। आपके जैसे रोग से पीड़ित अन्य व्यक्तियों का उपचार समस्त उपचार पद्धतियों एवं औषधियों से किया जा चुका है। यह जलवायु पर भी निर्भर नहीं करता। कुछ व्यक्ति किसी विशेष जलवायु में स्वस्थ हो जाते हैं तो कुछ व्यक्ति बीमार पड़ जाते हैं। यह रोजगार

या व्यवसाय पर भी निर्भर नहीं करता, जब तक कि कोई व्यक्ति विषैली दशाओं में काम न कर रहा हो। आमतौर पर व्यक्ति सभी व्यवसायों और रोजगारों में स्वस्थ रहते हैं।

आपका स्वस्थ होना आपके सोचने के तरीके एवं तदनुसार एक निश्चित दिशा में कार्य करने पर निर्भर होता है।

किसी चीज विशेष के बारे में व्यक्ति का नजरिया इस बात से तय होता है कि वह उसके बारे में क्या राय रखता है! उसके विचार उसके विश्वास से निर्धारित होते हैं और अपने विश्वास के अनुरूप व्यक्तिगत रूप से कार्य करने पर इसका परिणाम निर्भर होता है।

किसी चीज विशेष के बारे में व्यक्ति का नजरिया इस बात से तय होता है कि वह उसके बारे में क्या राय रखता है! उसके विचार उसके विश्वास से निर्धारित होते हैं और अपने विश्वास के अनुरूप व्यक्तिगत रूप से कार्य करने पर इसका परिणाम निर्भर होता है। यदि किसी व्यक्ति को किसी विशेष औषधि या चिकित्सा-पद्धति पर विश्वास है और यदि वह अपने मन में वह विश्वास पैदा कर पाता है तो उस औषधि या चिकित्सा-पद्धति से वह अवश्य स्वस्थ होगा, लेकिन उसका विश्वास चाहे जितना महान् क्यों न हो, यदि वह इसे अपने मन में धारण नहीं कर पाया तो वह स्वस्थ नहीं होगा। कई बीमार व्यक्ति दूसरों पर विश्वास रखते हैं, लेकिन स्वयं पर नहीं। अत: यदि उसे किसी आहार-प्रणाली पर विश्वास है और उसका व्यक्तिगत रूप से पालन करता है तो इससे वह अवश्य स्वस्थ होगा और यदि उसे प्रार्थनाओं और पुष्टीकरण में विश्वास है और वह इसे व्यक्तिगत रूप से लागू करता है तो वह प्रार्थनाओं एवं पुष्टीकरण से भी स्वस्थ हो सकता है।

व्यक्तिगत रूप से प्रयोग करने पर विश्वास से ही उपचार होता है। चाहे विश्वास कितना भी महान् एवं विचार कितना भी स्थायी क्यों न हो, व्यक्तिगत रूप से प्रयोग न करने की स्थिति में यह किसी काम का नहीं होता। अतः स्वस्थ रहने का विज्ञान विचार और काररवाई के दो क्षेत्रों को सम्मिलित करता है।

स्वस्थ बने रहने के लिए केवल यही काफी नहीं है कि व्यक्ति एक निश्चित दिशा में सोचे, बल्कि उसे इन विचारों को स्वयं पर लागू करना होगा और तदनुसार काररवाई करनी होगी।

□

2

विश्वास का आधार

इसके पूर्व कि कोई व्यक्ति अपनी बीमारी के उपचार के लिए एक निश्चित दिशा में सोचना प्रारंभ करे, उसे कुछ निश्चित सत्यों पर विश्वास करना होगा। जो निम्नवत् हैं—

सभी चीजों का निर्माण एक ही जीवित तत्त्व से हुआ है, जो अपने मूल स्वरूप में ब्रह्मांड में प्रवेश कर उसके अंतराल को भरता है। भले ही सभी चीजों का निर्माण इस तत्त्व से हुआ हो, परंतु अपनी प्रथम अमूर्त अवस्था में यह समस्त मूर्त रूपों में विद्यमान रहता है। इसका जीवन सभी में है और इसकी चेतना भी सभी में है।

विचार द्वारा इस तत्त्व का निर्माण होता है और यह जिसके बारे में सोचता है, उसी का रूप धारण कर लेता है। इस तत्त्व के द्वारा धारणा स्वरूप का विचार इसके उस स्वरूप में ढलने का कारण बनता है। गति का विचार इसे गतिशील करता है। इस तत्त्व के निश्चित स्वरूपों एवं अवस्थाओं में गतिशील होने से चीजों के स्वरूप का निर्माण होता है।

जब मूल तत्त्व स्वरूप का सृजन करना चाहता है तो वह उस गति के बारे में सोचता है, जिससे उस स्वरूप का निर्माण होगा। जब यह दुनिया का सृजन करना चाहता है, तब यह संभवत: ऐसी गति के बारे में सोचता है, जो संभवत: सदियों तक चलायमान रहती है और परिणामस्वरूप दुनिया के रूप में अस्तित्व में आ जाती है। जब यह ओक

के एक वृक्ष का सृजन करना चाहता है तो यह संचलन को एक ऐसी शृंखला के बारे में सोचता है, जो संभवत: सदियों तक चलायमान रहती है और ओक के वृक्ष का स्वरूप लेती है। विभिन्न स्वरूपों का सृजन करनेवाले गति के विशेष क्रम का निर्धारण प्रारंभ में ही हो जाता है और वे अपरिवर्तनीय होती हैं। अमूर्त तत्त्व में संस्थापित कुछ निश्चित गतियाँ हमेशा किसी-न-किसी का सृजन करेंगी।

मनुष्य का शरीर भी मूल तत्त्वों से बना हुआ है और ऐसी निश्चित गतियों का परिणाम है, जो सर्वप्रथम मूल तत्त्व के रूप में विद्यमान था। वह गति, जो शरीर का निर्माण, पुनरुज्जीवन एवं मरम्मत करती है, कार्यकलाप कहलाती है और ये कार्यकलाप दो प्रकार के होते हैं—ऐच्छिक व अनैच्छिक।

मनुष्य का शरीर भी मूल तत्त्वों से बना हुआ है और ऐसी निश्चित गतियों का परिणाम है, जो सर्वप्रथम मूल तत्त्व के रूप में विद्यमान था। वह गति, जो शरीर का निर्माण, पुनरुज्जीवन एवं मरम्मत करती है, कार्यकलाप कहलाती है और ये कार्यकलाप दो प्रकार के होते हैं—ऐच्छिक व अनैच्छिक।

अनैच्छिक क्रियाएँ किसी व्यक्ति के 'स्वास्थ्य के सिद्धांत' के नियंत्रण में होती हैं और पूरी तरह से स्वास्थ्यवर्धक तरीके से कार्यरत रहती हैं, जब तक कि व्यक्ति एक निश्चित दिशा में सोचता रहता है। खाना-पीना, साँस लेना और सोना ऐच्छिक क्रियाओं में शामिल हैं। ये पूर्णत: या आंशिक रूप से व्यक्ति के चेतन मस्तिष्क द्वारा दिए जानेवाले निर्देशों के अधीन होती हैं और यदि मनुष्य चाहे तो इन्हें अपनी इच्छा के अनुसार पूरी तरह से संचालित कर सकता है। यदि वह इन क्रियाओं को स्वास्थ्यवर्धक तरीके से नहीं चलाता तो ज्यादा समय तक स्वस्थ नहीं रह सकता।

इसलिए हम पाते हैं कि यदि कोई व्यक्ति एक निश्चित दिशा में

सोचता है और संबंधित उचित तरीके से खाता, पीता, साँस लेता एवं सोता है तो वह स्वयं स्वस्थ रहेगा।

किसी व्यक्ति के जीवन की अनैच्छिक क्रियाएँ 'स्वास्थ्य के सिद्धांत' के प्रत्यक्ष नियंत्रण में होती हैं और जब तक कोई व्यक्ति पूर्णतः स्वास्थ्यकर तरीके से सोचता है, ये कार्य-प्रणालियाँ पूरी तरह से सक्रिय रहेंगी; क्योंकि 'स्वास्थ्य के सिद्धांत' काफी हद तक व्यक्ति के चेतन मस्तिष्क द्वारा निर्देशित होता है एवं उसके अवचेतन मस्तिष्क पर प्रभाव डालता हैं।

मनुष्य एक विचारशील प्राणी है और उसके मस्तिष्क में विचार उपजते हैं और चूँकि वह हर बात की जानकारी नहीं रखता, इसलिए वह गलती भी करता है और गलत तरीके से सोचता है। चूँकि उसे सभी बातों का ज्ञान नहीं होता, इसलिए अपने अल्प ज्ञान के कारण वह गलत चीजों को भी सही मान लेता है।

मनुष्य एक विचारशील प्राणी है और उसके मस्तिष्क में विचार उपजते हैं और चूँकि वह हर बात की जानकारी नहीं रखता, इसलिए वह गलती भी करता है और गलत तरीके से सोचता है। चूँकि उसे सभी बातों का ज्ञान नहीं होता, इसलिए अपने अल्प ज्ञान के कारण वह गलत चीजों को भी सही मान लेता है। मनुष्य के विचारों में ही उसके बीमार होने एवं असामान्य कार्य-प्रणाली का बीज छुपा होता है और नकारात्मकता के कारण यह 'स्वास्थ्य के सिद्धांत' को प्रभावित करता है तथा शरीर की कार्य-प्रणाली को असामान्य करके उसे बीमार कर देता है।

मूल तत्त्व में दोषहीन गति, दोषहीन एवं स्वास्थ्यकर कार्य-प्रणाली एवं संपूर्ण जीवन होता है। ईश्वर कभी बीमारी या अपूर्णता के बारे में

नहीं सोचता, लेकिन हजारों बुजुर्गों के मन में बीमारी, असामान्यता, बुजुर्गावस्था एवं मृत्यु से संबंधित विचार पनपते हैं और इन विचारों के फलस्वरूप जनमी विकृत कार्य-प्रणाली आज मानव प्रजाति में विरासत बन चुकी है। मनुष्य एवं उसकी कार्य-प्रणाली के बारे में पीढ़ियों तक हमारे पूर्वजों के विचार अपूर्ण एवं त्रुटिपूर्ण रहे हैं और हम जीवन को अपूर्णता तथा बीमारी की अवचेतन धारणाओं के साथ प्रारंभ करते हैं।

यह न ही प्राकृतिक है, न ही प्रकृति की योजनाओं के अनुरूप है।

प्रकृति का उद्देश्य जीवन में पूर्णता प्राप्त करने के अलावा और कुछ नहीं हो सकता। यह हम जीवन की प्रकृति से ही सीखते हैं। निरंतर संपूर्णता प्राप्ति की ओर अग्रसर होना ही जीवन की प्रकृति है। प्रगति करना ही जीवन का अपरिहार्य प्रमाण है। सक्रिय जीवन का परिणाम ही है वृद्धि होना। जीवन में अधिक-से-अधिक प्राप्ति हेतु जीना चाहिए।

प्रकृति का उद्देश्य जीवन में पूर्णता प्राप्त करने के अलावा और कुछ नहीं हो सकता। यह हम जीवन की प्रकृति से ही सीखते हैं। निरंतर संपूर्णता प्राप्ति की ओर अग्रसर होना ही जीवन की प्रकृति है। प्रगति करना ही जीवन का अपरिहार्य प्रमाण है। सक्रिय जीवन का परिणाम ही है वृद्धि होना। जीवन में अधिक-से-अधिक प्राप्ति हेतु जीना चाहिए।

खाद्यान्न भंडार में पड़े बीज में जीवन होता है, परंतु वह स्वयं ही जीवित नहीं है। जैसे ही उसे मिट्टी में डालते हैं, वह सक्रिय हो उठता है और अपने आसपास के वातावरण से ऊर्जा एकत्रित कर पौधे के रूप में परिवर्तित हो जाता है। इसमें इतनी वृद्धि होती है कि एक बीज से तीस, साठ या सैकड़ों नए बीजों का निर्माण होता है, जिनमें मूल बीज के समान

ही जीवन होता है। जीवित रहने से जीवन-वृद्धि होती है।

बिना वृद्धि के जीवन का कोई अस्तित्व नहीं है और जीवन का मूलभूत कारण ही जीवित रहना है। इस मूलभूत प्रेरणा की प्रतिक्रिया के फलस्वरूप मूल तत्त्व कार्यशील होता है एवं सृजन करता है। ईश्वर को रहना चाहिए और जब तक ईश्वर सृजन एवं निरंतर वृद्धि नहीं करते, उनका अस्तित्व बना नहीं रह सकता। जीवन में निरंतर वृद्धि से ही ईश्वर का अस्तित्व बना रहता है।

> ***इनसान के बारे में प्रकृति का उद्देश्य है कि उसे अपने जीवन में निरंतर प्रगति करनी चाहिए एवं संपूर्णता की ओर बढ़ना चाहिए और यह कि उसे यथासंभव संपूर्ण जीवन चाहिए। ऐसा इसलिए होना चाहिए, क्योंकि उसकी आत्मा संपूर्ण जीवन की अभिलाषा रखती है।***

ब्रह्मांड एक निरंतर प्रगति करता हुआ जीवन है और प्रकृति का उद्देश्य जीवन को निरंतर संपूर्णता की ओर ले जाना है। प्रकृति का उद्देश्य संपूर्ण स्वास्थ्य है।

इनसान के बारे में प्रकृति का उद्देश्य है कि उसे अपने जीवन में निरंतर प्रगति करनी चाहिए एवं संपूर्णता की ओर बढ़ना चाहिए और यह कि उसे यथासंभव संपूर्ण जीवन चाहिए।

ऐसा इसलिए होना चाहिए, क्योंकि उसकी आत्मा संपूर्ण जीवन की अभिलाषा रखती है।

किसी छोटे बच्चे को एक कोरा कागज और पेंसिल दीजिए, वह सुंदर आकृतियाँ बनाने लगता है। उसके भीतर जो मनोभाव होते हैं, वह उन्हें कला द्वारा अभिव्यक्त करने का प्रयास करता है। उसे कुछ ब्लॉक दें, वह उनसे इमारत जैसी आकृति बनाने का प्रयास करता है। वह अपने अंदर मौजूद भावों को वास्तुकला द्वारा अभिव्यक्त करना चाहता है। उसे पियानो पर बैठा दें, वह पियानो बजाकर संगीत निकालना चाहता

है और अपने भीतर मौजूद भावनाओं को संगीत द्वारा अभिव्यक्त करना चाहता है।

किसी व्यक्ति में मौजूद जीवन हमेशा अधिक जीवंतता चाहता है और चूँकि स्वस्थ शरीर ही जीवंतता की कुंजी है, इसलिए उसके अंदर विद्यमान स्वास्थ्य का सिद्धांत केवल स्वास्थ्य ही चाहता है। किसी व्यक्ति का संपूर्ण स्वास्थ्य ही उसकी प्राकृतिक अवस्था है और प्रकृति एवं मनुष्य के भीतर विद्यमान प्रत्येक चीज संपूर्ण स्वास्थ्य की ओर अग्रसर होती है।

किसी व्यक्ति में मौजूद जीवन हमेशा अधिक जीवंतता चाहता है और चूँकि स्वस्थ शरीर ही जीवंतता की कुंजी है, इसलिए उसके अंदर विद्यमान स्वास्थ्य का सिद्धांत केवल स्वास्थ्य ही चाहता है। किसी व्यक्ति का संपूर्ण स्वास्थ्य ही उसकी प्राकृतिक अवस्था है और प्रकृति एवं मनुष्य के भीतर विद्यमान प्रत्येक चीज संपूर्ण स्वास्थ्य की ओर अग्रसर होती है।

मूल तत्त्व के विचार में बीमारी का कोई स्थान नहीं है, क्योंकि अपनी प्रकृति के अनुसार यह संपूर्ण जीवन की ओर बढ़ता है और संपूर्ण स्वास्थ्य की ओर अग्रसर होता है। एक अमूर्त तत्त्व के विचार में मनुष्य का अस्तित्व संपूर्ण स्वास्थ्य ही होता है। बीमारी, जो कि एक असामान्य एवं विकृत कार्य-प्रणाली है—गलत तरीके से हुई गति या अपूर्ण जीवन की दिशा में हुई गति—का वैचारिक रूप से कोई अस्तित्व नहीं है।

सर्वोत्कृष्ट मस्तिष्क बीमारी के बारे में कभी नहीं सोचता। ईश्वर न ही बीमारी पैदा करता है, न ही भेजता है। यह पूरी तरह से किसी व्यक्ति की पृथक् चेतना या व्यक्तिगत विचार से जन्म लेती है। अमूर्त ईश्वर न बीमारी को देखता है, न सोचता है; न जानता है, न पहचानता है। बीमारी

को तो सिर्फ मनुष्य पहचानता है। ईश्वर स्वास्थ्य के अलावा और कुछ नहीं देखता।

उपर्युक्त वर्णित समस्त तथ्यों से यह बात उभरकर सामने आती है कि स्वास्थ्य ही सत्य है, जिससे हम सभी बने हैं और बीमार पड़ना एक अपूर्ण कार्य है, जो लोगों के अतीत एवं वर्तमान के विचारों का परिणाम होता है। यदि किसी व्यक्ति के मन में हमेशा संपूर्ण स्वास्थ्य का सकारात्मक विचार आता है तो वह आमतौर पर संपूर्ण स्वस्थ ही रहेगा।

व्यक्ति का संपूर्ण स्वस्थ होना मूल तत्त्व होने का विचार है और व्यक्ति का स्वास्थ्य अपूर्ण या त्रुटिपूर्ण होना उसके स्वस्थ विचार न कर पाने का परिणाम है। इस पुस्तक में हम स्वस्थ रहने के विज्ञान के आधारभूत सत्य को एक पाठ्यक्रम के रूप में प्रस्तुत करेंगे।

व्यक्ति का संपूर्ण स्वस्थ होना मूल तत्त्व होने का विचार है और व्यक्ति का स्वास्थ्य अपूर्ण या त्रुटिपूर्ण होना उसके स्वस्थ विचार न कर पाने का परिणाम है। इस पुस्तक में हम स्वस्थ रहने के विज्ञान के आधारभूत सत्य को एक पाठ्यक्रम के रूप में प्रस्तुत करेंगे।

एक विचारशील तत्त्व है, जिससे हम सभी बने हैं और जो अपने मूल स्वरूप में ब्रह्मांड के रिक्त स्थानों में प्रवेश कर उन अंतरालों को भरता है। यही जीवन है।

इस तत्त्व के स्वरूप का विचार हमारे स्वरूप का निर्माण करता है। गति का विचार गति उत्पन्न करता है। मानवता के संबंध में इस तत्त्व का विचार सदैव संपूर्ण क्रिया-कलाप एवं संपूर्ण स्वास्थ्य होता है।

प्रत्येक व्यक्ति एक विचार केंद्र होता है, जो मूल रूप से विचार प्रतिपादित करने में समर्थ होता है और उसके विचार ही उसके कर्मों को तय करते हैं। गलत एवं अपूर्ण विचार के कारण वह गलत, अपूर्ण एवं

विकृत कार्य-प्रणाली अपना लेता है और जीवन के स्वैच्छिक कार्यों को विकृत रूप से करते हुए कई बीमारियों को जन्म देता है।

यदि कोई व्यक्ति अपने विचारों में केवल संपूर्ण स्वास्थ्य के बारे में सोचता है तो वह संपूर्ण स्वस्थ जीवन जी सकता है; जीवन की सारी शक्तियाँ उसकी सहायता करने लगती हैं, लेकिन यह स्वस्थ कार्य-प्रणाली हमेशा जारी नहीं रहेगी, यदि व्यक्ति अपने जीवन की बाहरी एवं स्वैच्छिक गतिविधियों को स्वस्थ तरीके से संपादित नहीं करता।

व्यक्ति का पहला कदम यह होना चाहिए कि वह यह सीखे कि किस तरह संपूर्ण स्वास्थ्य के बारे में विचार किया जाता है! उसका दूसरा कदम यह सीखना होना चाहिए कि किस तरह संपूर्ण स्वास्थ्यवर्धक तरीके से खाना, पीना, साँस लेना एवं सोना चाहिए। यदि कोई व्यक्ति इन दो कदमों को भलीभाँति समझ लेता है तो वह निश्चित रूप से पूरे जीवन भर स्वस्थ रहेगा।

□

3

जीवन एवं उसके अवयव

मानव शरीर एक ऐसी ऊर्जा का निवास-स्थान है, जो थके हुए शरीर में शक्ति का संचार करती है, व्यर्थ पदार्थों को निष्कासित करती है तथा शरीर में होनेवाली टूट-फूट एवं घाव को ठीक करती है। इसी ऊर्जा को हम 'जीवन' कहते हैं। जीवन शरीर के भीतर उत्पन्न नहीं होता, बल्कि यह शरीर को उत्पन्न करता है।

वर्षों से गोदामों में पड़ा हुआ बीज तभी पौधा बनता है, जब उसे मिट्टी में बोया जाता है। लेकिन ऐसा नहीं है कि उस पौधे के बढ़ने से जीवन उत्पन्न हुआ है, बल्कि जीवन से पौधे को बढ़ने का अवसर मिलता है।

क्रिया-कलापों के निष्पादन से जीवन नहीं है, जीवन ही कार्यों के निष्पादन का कारण है। प्रथम जीवन है, तत्पश्चात् क्रिया-कलाप।

जीवन—सजीव एवं निर्जीव पदार्थों के मध्य अंतर को स्पष्ट करता है, किंतु पदार्थों के संयोजन से इसे उत्पन्न नहीं किया जा सकता।

जीवन वह सिद्धांत या उजाला है, जो सृष्टिकारक है। यही प्राणियों की रचना करता है।

यह सिद्धांत या ऊर्जा मौलिक तत्त्व में निहित है। समग्र संपूर्ण जीवन ऊर्जा एक है। समग्र जीवन का यह सिद्धांत व्यक्ति के स्वास्थ्य का सिद्धांत है और जब कोई व्यक्ति किसी विशिष्ट प्रकार से विचार या

चिंतन करता है, तब यह सृजनात्मक रूप से सक्रिय हो उठता है। अत: जो भी व्यक्ति इस विशेष प्रकार से विचार करेगा, निश्चित ही उसका स्वास्थ्य उत्तम होगा; कदाचित् उसके बाह्य क्रिया-कलाप उसके विचारों के अनुरूप हों। कोई भी व्यक्ति स्वस्थ होने के चिंतन मात्र से स्वस्थ नहीं हो सकता, यदि उसका खाना, पीना, श्वास एवं निद्रा लेने का व्यावहारिक तरीका एक रोगी की तरह हो।

जीवन के शाश्वत सिद्धांत से तात्पर्य है—मनुष्य के स्वास्थ्य का सिद्धांत। यह मौलिक तत्त्व से जुड़ा हुआ है। एक ही मौलिक तत्त्व से सभी वस्तुएँ बनी हैं। यह तत्त्व जीवित है तथा इस तत्त्व का जीवन इस ब्रह्मांड के जीवन का सिद्धांत है। इस तत्त्व ने जीवन के सभी सजीव रूपों का अपने विचार से या उनको उत्पन्न करनेवाली क्रियाओं का विचार करके सृजन किया है।

जीवन के शाश्वत सिद्धांत से तात्पर्य है—मनुष्य के स्वास्थ्य का सिद्धांत। यह मौलिक तत्त्व से जुड़ा हुआ है। एक ही मौलिक तत्त्व से सभी वस्तुएँ बनी हैं। यह तत्त्व जीवित है तथा इस तत्त्व का जीवन इस ब्रह्मांड के जीवन का सिद्धांत है। इस तत्त्व ने जीवन के सभी सजीव रूपों का अपने विचार से या उनको उत्पन्न करनेवाली क्रियाओं का विचार करके सृजन किया है।

मौलिक तत्त्व केवल स्वास्थ्य का विचार करता है, क्योंकि उसे ही संपूर्ण सत्य का ज्ञान है। ऐसा कोई सत्य नहीं, जो उस निराकार को ज्ञात न हो। वही सर्व है और सब में है। वह न केवल सर्वज्ञानी है, वरन् सर्वशक्तिमान भी है। उसकी महत् शक्ति संपूर्ण ऊर्जा का स्रोत है। एक चैतन्य ऊर्जा, जो सर्वज्ञानी एवं सर्वशक्तिमान है, कभी गलत नहीं हो सकती या किसी कार्य का अपूर्णता से निष्पादन नहीं कर सकती। सर्वज्ञानी होने के कारण

इसे दोषी होने या दोषपूर्ण कार्य करने का भी ज्ञान होता है। अतः यह निराकार कभी रोगी नहीं हो सकता अथवा इसके निमित्त कोई विचार कर सकता है।

किसी व्यक्ति द्वारा किसी भी विचार की स्थिरता उसके शरीर को उसी अनुरूप बना देती है और यह भी कि मनुष्य यह सीखने-समझने में असफल हो गया है कि जीवन के रक्षक कार्यों को स्वास्थ्यजनक रूप से कैसे निष्पादित किया जाए। वह यह नहीं जानता कि कब, क्या और कैसे खाया जाए! वह साँस लेने तथा शयन क्रिया के बारे में बहुत कम जानता है।

मनुष्य इसी मौलिक तत्त्व का एक रूप है तथा उसका अपनी अलग चैतन्य है; किंतु उसका चैतन्य सीमित है, अतः वह अपूर्ण है। अपने सीमित ज्ञान के कारण मनुष्य की सोच और कार्य दोषपूर्ण हो सकते हैं, अतः वह अपने ही शरीर में होनेवाली विकृत एवं दोषपूर्ण क्रियाओं का कारक होता है। मनुष्य ने अब तक इतना ज्ञान प्राप्त नहीं किया है कि वह किसी भी प्रकार की त्रुटि न करे। आपकी अपूर्ण सोच के परिणामस्वरूप रोग-जनित या अपूर्ण क्रियाएँ तुरंत प्रकाशित नहीं होतीं, वरन् इस प्रकार की सोच की आदत उनके होने की बाध्यता बन जाती है।

किसी व्यक्ति द्वारा किसी भी विचार की स्थिरता उसके शरीर को उसी अनुरूप बना देती है और यह भी कि मनुष्य यह सीखने-समझने में असफल हो गया है कि जीवन के रक्षक कार्यों को स्वास्थ्यजनक रूप से कैसे निष्पादित किया जाए। वह यह नहीं जानता कि कब, क्या और कैसे खाया जाए! वह साँस लेने तथा शयन क्रिया के बारे में बहुत कम जानता है। वह इन सारी क्रियाओं को गलत तरीके से करता है और

गलत परिस्थितियों में करता है। ऐसा वह इसी वजह से करता है, क्योंकि इन सभी क्रियाओं को समुचित रूप से निष्पादित करने के लिए वांछित दिशा-निर्देशों की वह उपेक्षा कर देता है। वह सहज प्रवृत्ति की अपेक्षा तर्क के आधार पर जीने का प्रयास करता है। उसने जीवन जीने को प्राकृतिक होने की अपेक्षा कला का विषय बना दिया है और इसी में वह गलती कर बैठा।

इसका एक ही उपचार है कि अब वह सही राह की ओर चले और ऐसा वह अवश्य ही कर सकता है। इस पुस्तक का उद्‌देश्य यही है कि यह पाठकों के समक्ष संपूर्ण सत्य को प्रस्तुत करे, जिससे प्रत्येक पाठक दोषपूर्ण होने या करने की परिस्थितियों को अधिक-से-अधिक जान सके।

रोग के विचार ही रोग के प्रकार को जन्म देते हैं। सर्वप्रथम मनुष्य को स्वस्थ होने के विचार का अभ्यास करना होगा और मौलिक तत्त्व होने के कारण जो अपने विचार मात्र से स्वरूप धारण करता है, वह भी स्वस्थ हो जाएगा और अपने क्रिया-कलापों में इसे प्रदर्शित करेगा। संतों की अस्थियों के स्पर्श से स्वस्थ होने के संदर्भ में भी यही बात है कि यह संतों की वैचारिक शक्ति का प्रभाव होता था तथा उनके अवशेष से कोई शक्ति उत्सर्जित नहीं होती थी। किसी भी मृत व्यक्ति की अस्थियों में उपचार की शक्ति नहीं होती, चाहे वह पुण्यात्मा हो या पापात्मा।

रोग के विचार ही रोग के प्रकार को जन्म देते हैं। सर्वप्रथम मनुष्य को स्वस्थ होने के विचार का अभ्यास करना होगा और मौलिक तत्त्व होने के कारण जो अपने विचार मात्र से स्वरूप धारण करता है, वह भी स्वस्थ हो जाएगा और अपने क्रिया-कलापों में इसे प्रदर्शित करेगा।

कोई भी व्यक्ति, जिसका उपचार एलोपैथी से हुआ हो या होम्योपैथी

से, एक विशेष सोच से उपचारित होता है। किसी औषधि में रोग ठीक करने की क्षमता नहीं होती।

जो लोग प्रार्थनाओं एवं सकारात्मक वचनों से उपचारित होते हैं, उनकी भी अपनी विशिष्ट सोच होती है, जो इस कार्य में उनकी सहायता करती है, अन्यथा शब्दों की माला में स्वयं उपचार करने की कोई शक्ति नहीं होती।

सभी रोगी, चाहे उनका उपचार किसी भी पद्धति से क्यों न हुआ हो, एक निश्चित प्रकार की सोच रखते हैं। एक छोटा सा परीक्षण यह स्पष्ट कर देगा कि वे प्रकार क्या हैं!

उस वैचारिक प्रकार के दो मुख्य तत्त्व हैं—आस्था और आस्था का व्यक्तिगत उपयोग। जिन व्यक्तियों का उपचार संतों की अस्थियों के स्पर्श से हुआ होगा, उनमें आस्था थी और उनकी आस्था इतनी प्रबल थी कि जिस क्षण उन्होंने उन अवशेषों का स्पर्श किया, उसी क्षण रोग से उनका मानसिक पृथक्करण हो गया और मानसिक रूप से वे स्वास्थ्य से जुड़ गए।

उस वैचारिक प्रकार के दो मुख्य तत्त्व हैं—आस्था और आस्था का व्यक्तिगत उपयोग। जिन व्यक्तियों का उपचार संतों की अस्थियों के स्पर्श से हुआ होगा, उनमें आस्था थी और उनकी आस्था इतनी प्रबल थी कि जिस क्षण उन्होंने उन अवशेषों का स्पर्श किया, उसी क्षण रोग से उनका मानसिक पृथक्करण हो गया और मानसिक रूप से वे स्वास्थ्य से जुड़ गए।

मन का यह परिवर्तन उनकी उच्च कोटि की श्रद्धा-भावना से ओत-प्रोत था, जिसने उनकी आत्मा के अंतर्तम के स्थानों का स्पर्श किया तथा स्वास्थ्य के सिद्धांत को तीव्रता से कार्यरूप में परिवर्तित किया। उन लोगों ने इस बात की पुष्टि की कि वे अपनी आस्था से ही स्वस्थ हुए हैं तथा

अपनी पूर्ण आस्था के चलते ही उन्होंने रोगों के संबंध में सोचना बंद कर दिया है और अब वे केवल स्वास्थ्य के बारे में ही सोचते हैं।

अत: विशिष्ट प्रकार से विचार करने के लिए ये दो बातें महत्त्वपूर्ण हैं, जो आपको स्वस्थ रखेंगी—प्रथम, अच्छे स्वास्थ्य के लिए आस्था और द्वितीय, रोगों से सभी मानसिक संबंधों का पृथक्करण एवं स्वास्थ्य से मानसिक जुड़ाव।

मन से हम स्वयं को जैसा बना लेते हैं, भौतिक या शारीरिक रूप से भी हम वैसे ही बन जाते हैं तथा मानसिक रूप से हम स्वयं को जिस बात से जोड़ लेते हैं, शारीरिक रूप से भी उसी से जुड़ जाते हैं। यदि आपके विचार आपका संबंध सदैव रोग के साथ स्थापित करते हैं तो आपके विचार में एक ऐसी ऊर्जा आएगी, जो आपके भीतर अवश्य ही कोई रोग उत्पन्न कर देगी और यदि आपके विचार का संबंध सदैव स्वास्थ्य से स्थापित रहता है तो आपके विचार में वह ऊर्जा उत्पन्न होगी, जो आपको सदैव स्वस्थ रखेगी।

मन से हम स्वयं को जैसा बना लेते हैं, भौतिक या शारीरिक रूप से भी हम वैसे ही बन जाते हैं तथा मानसिक रूप से हम स्वयं को जिस बात से जोड़ लेते हैं, शारीरिक रूप से भी उसी से जुड़ जाते हैं।

औषधियों द्वारा उपचारित लोगों के प्रकरण में भी परिणाम इसी प्रकार से प्राप्त होते हैं। वे चेतन या अवचेतन रूप से पर्याप्त आस्था अथवा विश्वास का अवलंबन लेकर मानसिक रूप से अपने संबंधों को रोग से विलग करते हुए स्वास्थ्य से अपने मानसिक संबंध स्थापित करते हैं।

आस्था अवचेतन हो सकती है। यह संभव है कि औषधि जैसी वस्तु के लिए, जिनमें किसी भी प्रकार हमारा विश्वास वस्तुनिष्ठ नहीं होता,

हमारी आस्था अवचेतन या नैसर्गिक हो और यही अवचेतन आस्था स्वास्थ्य के सिद्धांत को सकारात्मक क्रिया में सजीव करने हेतु पर्याप्त होती है। जिनमें थोड़ी सी भी चेतन आस्था होती है, वे इस प्रकार से ठीक हो जाते हैं; किंतु कई ऐसे भी होते हैं, जिनकी इन साधनों पर आस्था तो अत्यधिक होती है, किंतु वे ठीक नहीं हो पाते, क्योंकि वे उसका व्यक्तिगत अनुप्रयोग स्वयं पर नहीं करते। उनकी आस्था अपने प्रकरण हेतु विशिष्ट न होकर व्यापक होती है।

स्वस्थ रहने के विज्ञान में दो महत्त्वपूर्ण बिंदु समझने योग्य हैं—प्रथम, आस्था-युक्त सोच किस प्रकार हो और द्वितीय, स्वास्थ्य के सिद्धांत को सकारात्मक क्रिया में साकार करने के लिए स्वयं पर इस विचार का अनुप्रयोग कैसे किया जाए!

तो हम प्रारंभ करते हैं यह समझने से कि 'क्या सोचें'?

□

4
क्या सोचें ?

रोगों से समस्त मानसिक संबंध समाप्त करने हेतु आपको स्वास्थ्य के साथ मानसिक संबंधों में प्रवेश करना होगा। प्रक्रिया सकारात्मक हो, नकारात्मक नहीं; मानने की हो, अस्वीकार करने की नहीं। आपको रोग को अस्वीकार करने की अपेक्षा स्वास्थ्य प्राप्त करने का महत्त्वपूर्ण कार्य करना है। केवल रोग को अस्वीकार करने मात्र से उद्देश्य की प्राप्ति नहीं होती। यह केवल इतनी सहायता कर सकता है कि मन रूपी घर को शैतान से मुक्त करा सकता है, अन्यथा इसे भी निकृष्ट रोग हो सकते हैं। जब आप पूर्ण रूप से स्वास्थ्य से मानसिक तारतम्य स्थापित कर लें, तब आवश्यक रूप से रोग से आपको अपने सारे संबंध तोड़ने ही होंगे।

अत: स्वस्थ रहने के विज्ञान में प्रथम चरण है—स्वास्थ्य के साथ संपूर्ण वैचारिक संबंधों में प्रवेश करना। इसका सर्वोत्तम तरीका यह है कि आप अपने मन में स्वयं की स्वस्थ छवि को उभारें, यह कल्पना करते हुए कि आपका शरीर पूर्णत: ऊर्जावान् और स्वस्थ है तथा इस छवि का चिंतन करते हुए कुछ समय व्यतीत करें, जिससे यह आपका अभ्यस्त विचार बन जाए।

यह कार्य उतना भी सरल नहीं है, जितना कि प्रतीत होता है। इसके लिए लंबे समय तक किए गए ध्यान के अभ्यास की आवश्यकता है

और फिर हर व्यक्ति में इस प्रकार स्वयं की मानसिक छवि को उभारने की विशेषज्ञता नहीं होती। अमीर होने के विज्ञान में यह अपेक्षाकृत पर्याप्त आसान है कि व्यक्ति उन वस्तुओं की छवि उभार ले, जिनकी उसे आवश्यकता है; क्योंकि वे वस्तुएँ या उनके प्रतिरूप देखे एवं पहचाने हुए होते हैं। अत: उनकी छवि हम अपनी स्मृति की सहायता से सरलता से धारण कर सकते हैं, किंतु यदि हमने अपने आपको कभी परिष्कृत शरीर में देखा ही न हो तो उसकी स्पष्ट मानसिक छवि बनाना कठिन होता है।

बहरहाल, आवश्यक यह नहीं कि आप वह मानसिक छवि धारण करें, जैसा कि आप होना चाहते हैं। आवश्यक यह है कि आप परिष्कृत स्वास्थ्य का विचार धारण करें और उससे अपना संबंध स्थापित करें। स्वास्थ्य का यह विचार किसी वस्तु विशेष की मानसिक छवि नहीं है। यह स्वास्थ्य की एक समझ है तथा अपने साथ शरीर के हर भाग एवं अवयव के सुचारु संचालन का विचार लेकर चलती है।

बहरहाल, आवश्यक यह नहीं कि आप वह मानसिक छवि धारण करें, जैसा कि आप होना चाहते हैं। आवश्यक यह है कि आप परिष्कृत स्वास्थ्य का विचार धारण करें और उससे अपना संबंध स्थापित करें। स्वास्थ्य का यह विचार किसी वस्तु विशेष की मानसिक छवि नहीं है। यह स्वास्थ्य की एक समझ है तथा अपने साथ शरीर के हर भाग एवं अवयव के सुचारु संचालन का विचार लेकर चलती है।

आप स्वयं की समुचित छवि देखने का प्रयास कर सकते हैं। इससे सहायता मिलेगी—और आपको चाहिए कि आप स्वयं के ऐसा होने का विचार करें कि आप पूर्ण ऊर्जावान् एवं स्वस्थ व्यक्ति की तरह सारे कार्य कर रहे हैं।

आप अपनी उस छवि की कल्पना करें, जिसमें आप सतर्कतापूर्वक तेज कदमों से सड़क पर चल रहे हैं। कल्पना कीजिए एक ऐसी छवि की, जो बिना थके अतिरिक्त ऊर्जा से दैनिक कार्यों को संपन्न कर रही हो। आप अपने मन में उस छवि का निर्माण कर सकते हैं कि एक स्वस्थ एवं ऊर्जावान् व्यक्ति किस प्रकार अपने कार्यों का संपादन करेगा और इस प्रकार उन सब कार्यों को करने में स्वयं को केंद्रीय पात्र के रूप में रखें।

रोगी एवं निर्बल व्यक्तियों के कार्य–संपादन के तरीकों पर कभी विचार न करें। सदैव ऊर्जावान् व्यक्तियों और उनके द्वारा संपादित कार्यों के तरीकों पर ही विचार करें। अपने रिक्त समय को ऊर्जावान् तरीकों के बारे में विचार करते हुए व्यतीत करें, जब तक कि आपको इसकी अच्छी समझ न हो जाए और स्वयं को इस संदर्भ में रखकर विचार करें। स्वास्थ्य की समस्या होने से मेरा तात्पर्य यही है। शरीर का हर अंग सुचारु रूप से कार्य करे, यह सुनिश्चित करने के लिए आपको शरीर विज्ञान का अध्ययन करने की आवश्यकता नहीं है, जिससे कि आप अंग–प्रत्यंग की छवि निर्मित कर सकें तथा स्वयं को उससे जोड़ सकें। उसे अपने यकृत, वृक्क, आमाशय या हृदय से अलग–अलग 'व्यवहार' की आवश्यकता

रोगी एवं निर्बल व्यक्तियों के कार्य–संपादन के तरीकों पर कभी विचार न करें। सदैव ऊर्जावान् व्यक्तियों और उनके द्वारा संपादित कार्यों के तरीकों पर ही विचार करें। अपने रिक्त समय को ऊर्जावान् तरीकों के बारे में विचार करते हुए व्यतीत करें, जब तक कि आपको इसकी अच्छी समझ न हो जाए और स्वयं को इस संदर्भ में रखकर विचार करें। स्वास्थ्य की समस्या होने से मेरा तात्पर्य यही है।

नहीं है। मनुष्य के लिए स्वास्थ्य का सिद्धांत केवल एक ही होता है, जिसका उसके जीवन की समस्त क्रियाओं पर नियंत्रण होता है तथा इस सिद्धांत से ऊपर समग्र स्वास्थ्य का विचार प्रत्येक अंग तक अपनी पहुँच बना लेता है। किसी व्यक्ति का यकृत किसी यकृत सिद्धांत से, आमाशय किसी पाचन सिद्धांत या विचार से अथवा अन्य कोई अंग किसी अन्य सिद्धांत या विचार से नियंत्रित नहीं होते। स्वास्थ्य का सिद्धांत एक ही है।

शरीर विज्ञान में जितना कम विस्तार से आप जाएँगे, आपके लिए उतना ही अच्छा होगा। विज्ञान में हमारा ज्ञान बहुत अपूर्ण है तथा हमें अपूर्ण विचार की ओर ले जाता है। अपूर्ण विचार अनुचित क्रियाओं के कारण होते हैं। यही रोग है।

शरीर विज्ञान में जितना कम विस्तार से आप जाएँगे, आपके लिए उतना ही अच्छा होगा। विज्ञान में हमारा ज्ञान बहुत अपूर्ण है तथा हमें अपूर्ण विचार की ओर ले जाता है।

अपूर्ण विचार अनुचित क्रियाओं के कारण होते हैं। यही रोग है।

मैं आपको विस्तार से समझाता हूँ; कुछ समय पूर्व तक शरीर विज्ञान ने भोजन के बिना मनुष्य की सहन-शक्ति की अधिकतम समय सीमा दस दिन निर्धारित की थी। यह माना गया कि अपवाद-स्वरूप कुछ प्रकरणों में ही मनुष्य इससे अधिक जीवित रह सकता है। अत: यह बात सर्वव्याप्त हो गई कि भोजन से वंचित व्यक्ति पाँच से दस दिनों के भीतर ही काल के गाल में समा जाता है और अनेक लोग पोतभंग, दुर्घटनाओं या दुर्भिक्ष में भोजन प्राप्त न होने के कारण इस अवधि में मृत्यु को प्राप्त हो गए।

किंतु चालीस दिनों तक उपवास रखनेवाले डॉ. टैनर, उपवास द्वारा उपचार पर डॉ. डेवे तथा अन्य लोगों के लेखों के साथ-साथ चालीस से साठ दिनों तक उपवास रखनेवाले अनेक लोगों पर किए गए शोध

से ज्ञात होता है कि बिना भोजन के मनुष्य के जीवित रहने की क्षमता उससे कहीं अधिक व्यापक है, जितनी कि अभी तक मानी गई थी। उचित रूप से प्रशिक्षित कोई भी व्यक्ति बीस से चालीस दिनों का उपवास रख सकता है, जिसमें उसके वजन का कुछ ह्रास हो सकता है, पर शक्ति का स्पष्टतः कोई ह्रास नहीं होता।

भूख के कारण जिन लोगों की मृत्यु दस या उससे कम दिनों में हो गई, उसका कारण यह था कि उन लोगों ने उतने समय में ही मृत्यु को अवश्यंभावी मान लिया था। त्रुटिपूर्ण शरीर विज्ञान ने उन्हें अपने बारे में गलत विचार दिया। जब कोई व्यक्ति भोजन से वंचित होता है तो वह अपनी पढ़ाई हुई शिक्षा के अनुसार दस से पचास दिनों के अंतराल में मृत्यु को प्राप्त होता है या दूसरे शब्दों में, मृत्यु के प्रति अपने दृष्टिकोण के अनुसार वह समय लेता है। यह आप देख सकते हैं कि त्रुटिपूर्ण शरीर विज्ञान किस प्रकार के अपकारी परिणामों को सामने ला सकता है!

भूख के कारण जिन लोगों की मृत्यु दस या उससे कम दिनों में हो गई, उसका कारण यह था कि उन लोगों ने उतने समय में ही मृत्यु को अवश्यंभावी मान लिया था। त्रुटिपूर्ण शरीर विज्ञान ने उन्हें अपने बारे में गलत विचार दिया।

स्वस्थ रहने का कोई भी विज्ञान आज के शरीर विज्ञान पर प्रतिपादित नहीं किया जा सकता, क्योंकि यह ज्ञान अपने आप में पूरी तरह से सटीक नहीं है। आधुनिक शरीर विज्ञान के मिथ्या दावे के बाद भी शरीर की भीतरी क्रियाओं एवं प्रक्रियाओं के बारे में हमारी जानकारी अपेक्षाकृत बहुत कम है। यह नहीं मालूम पड़ता कि भोजन का चयापचय कैसे होता है! यह नहीं मालूम पड़ता कि शक्ति या ऊर्जा के उत्पादन में भोजन की यदि कोई भूमिका है तो वह क्या है! यह नहीं मालूम पड़ता कि यकृत, प्लीहा

एवं अग्न्याशय वास्तव में किस उद्देश्य के लिए हैं या उनसे होनेवाले स्राव एकीकरण की रासायनिक क्रिया में क्या भूमिका निभाते हैं! इन बिंदुओं तथा ऐसे ही अनेक बिंदुओं पर हम सिद्धांत तो बनाते हैं, किंतु व्यावहारिक रूप से उनके बारे में जानते कुछ भी नहीं हैं।

शरीर विज्ञान का समुचित ज्ञान यदि कुछ कर सकता है तो केवल व्यक्ति को पूर्ण स्वास्थ्य के विचार के मनन करने के योग्य बना सकता है तथा खाने, पीने, श्वास लेने एवं सोने के स्वास्थ्यकर तरीकों के बारे में बता सकता है और हम आपको बताएँगे कि मनुष्य अपने सारे कार्य बिना शरीर विज्ञान पढ़े ही बड़ी सरलता से कैसे कर सकता है।

जब कोई व्यक्ति शरीर विज्ञान का अध्ययन प्रारंभ करता है तो वह सिद्धांतों और विवादों के क्षेत्र में प्रवेश कर जाता है। वह विरोधाभासी विचारों के बीच आ खड़ा होता है और स्वयं के प्रति त्रुटिपूर्ण धारणा बनाने को बाध्य हो जाता है तथा ये गलत विचार विकृत क्रियाओं एवं रोग को प्रेरित करते हैं।

शरीर विज्ञान का समुचित ज्ञान यदि कुछ कर सकता है तो केवल व्यक्ति को पूर्ण स्वास्थ्य के विचार के मनन करने के योग्य बना सकता है तथा खाने, पीने, श्वास लेने एवं सोने के स्वास्थ्यकर तरीकों के बारे में बता सकता है और हम आपको बताएँगे कि मनुष्य अपने सारे कार्य बिना शरीर विज्ञान पढ़े ही बड़ी सरलता से कैसे कर सकता है।

यह बात लगभग हर प्रकार के स्वास्थ्य सिद्धांत के लिए सत्य है। ये कुछ ऐसे आधारभूत सिद्धांत हैं, जिनका हमें ज्ञान होना चाहिए और उनकी व्याख्या हम अगले अध्यायों में करेंगे; किंतु इन विचारों से अलग शरीर विज्ञान तथा स्वास्थ्य सिद्धांतों को त्याग दें, क्योंकि ये आपके मन को दूषित परिस्थितियों के विचारों से

भर देंगे और ये विचार अपने ही शरीर में दूषित परिस्थितियों को उत्पन्न करेंगे। आप अपने विचारों को केवल स्वास्थ्य पर केंद्रित करें, क्योंकि ऐसा कोई विज्ञान नहीं है, जिसके माध्यम से आप रोगों को पहचान सकें।

अपनी वर्तमान स्थिति के लिए सभी परीक्षणों, इसके कारणों या संभावित परिणामों को छोड़ दीजिए तथा स्वयं को स्वास्थ्य के विचार के चिंतन में लगा दीजिए।

स्वास्थ्य और उसकी संभावनाओं के बारे में विचार कीजिए और कार्यों को संपादित करने का तथा उस सुख की अनुभूति का विचार कीजिए, जो आपको पूर्ण स्वस्थ होने पर मिलती। फिर इस विचार को अपने चिंतन का मार्गदर्शक बनाइए। ऐसे किसी भी विचार को प्रवेश की अनुमति न दें, जिसका इस विचार से कोई सामंजस्य न हो। जब कभी किसी रोग या दूषित क्रियाओं का विचार आए तो उसे स्वास्थ्य के विचार से सामंजस्य रखनेवाले किसी विचार द्वारा बाहर निकाल फेंकें।

स्वास्थ्य और उसकी संभावनाओं के बारे में विचार कीजिए और कार्यों को संपादित करने का तथा उस सुख की अनुभूति का विचार कीजिए, जो आपको पूर्ण स्वस्थ होने पर मिलती। फिर इस विचार को अपने चिंतन का मार्गदर्शक बनाइए। ऐसे किसी भी विचार को प्रवेश की अनुमति न दें, जिसका इस विचार से कोई सामंजस्य न हो।

हर समय इस विचार का अनुभव करते हुए स्वयं के व्यक्तित्व को सुदृढ़ व स्वस्थ मानें तथा इसके विपरीत किसी भी विचार को आश्रय न दें।

यह जान लें कि इस विचार के साथ आप स्वयं के बारे में जैसा चिंतन करेंगे, यह मौलिक तत्त्व, जो आपके शरीर के ऊतकों में प्रवेश कर उन्हें रस-युक्त करता है, वह आपके चिंतन के अनुरूप आकार लेने

लगेगा तथा यह भी जान लें कि यह बुद्धि तत्त्व अथवा मस्तिष्क क्रियाओं को इस प्रकार संपादित करेगा कि आपका शरीर पूर्ण रूप से स्वस्थ ऊतकों से नवनिर्मित हो जाएगा।

यह बुद्धि तत्त्व, जिससे सभी वस्तुओं की रचना हुई है, समस्त पदार्थों को भेदकर उसमें प्रविष्ट हो सकता है। इसी प्रकार यह आपके शरीर में भी है। यह आपके विचारों/चिंतन के अनुसार गति करता है, अत: यदि आप दोष-रहित स्वस्थ क्रियाओं का चिंतन करेंगे तो यह आपके शरीर में दोष-रहित स्वस्थ क्रियाओं के होने में सहायक होगा।

स्वयं से संबंधित संपूर्ण स्वास्थ्य के विचार को पूर्ण दृढ़ता से बनाए रखें। स्वयं को अन्य किसी भी प्रकार के विचार धारण करने की अनुमति न दें। इस विचार को पूरी आस्था के साथ बनाए रखें कि यही यथार्थ है, यही सत्य है। जहाँ तक आपके मानसिक शरीर का संबंध है, केवल यही सत्य है।

स्वयं से संबंधित संपूर्ण स्वास्थ्य के विचार को पूर्ण दृढ़ता से बनाए रखें। स्वयं को अन्य किसी भी प्रकार के विचार धारण करने की अनुमति न दें। इस विचार को पूरी आस्था के साथ बनाए रखें कि यही यथार्थ है, यही सत्य है। जहाँ तक आपके मानसिक शरीर का संबंध है, केवल यही सत्य है।

आपकी एक सूक्ष्म मानसिक काया होती है और एक भौतिक काया। मानसिक काया आपके विचारों के अनुरूप आकार लेती है तथा कोई भी विचार, जिसे आप निरंतर बनाए रखते हैं, उसकी छवि आपकी भौतिक काया में परिलक्षित होने लगती है। मानसिक काया में दोष-रहित क्रियाओं के संपादन के विचार का स्थापन भौतिक काया में भी दोष-रहित क्रियाओं के संपादन का कारक बनता है।

मानसिक काया द्वारा कल्पित भौतिक काया का आदर्श रूप में रूपांतर त्वरित संपन्न होनेवाली क्रिया नहीं है। ईसा मसीह की तरह हम अपने भौतिक शरीर का रूपांतर नहीं कर सकते। जीवों की उत्पत्ति तथा प्रत्युत्पत्ति में तत्त्व अपने द्वारा स्थापित विकास के निश्चित क्रम में आगे बढ़ता है तथा उस पर पड़े संपूर्ण स्वास्थ्य के विचार का प्रभाव स्वस्थ शरीर की रचना या पुनर्रचना करता है। पूर्ण स्वस्थ रहने का विचार अंततः दोष-रहित क्रियाओं का कारक बनता है तथा दोष-रहित क्रियाएँ परिणामस्वरूप एक स्वस्थ शरीर देती हैं।

संक्षेप में, इस अध्याय का विवरण इस प्रकार हो सकता है—

आपकी भौतिक काया में बुद्धि तत्त्व प्रविष्ट होकर सदैव उपस्थित रहता है, जो सूक्ष्म मानसिक काया का निर्माण करता है। यह सूक्ष्म मानसिक काया आपकी भौतिक काया की गतिविधियों पर अपना नियंत्रण रखती है। मानसिक काया पर पड़े रोग या दूषित क्रियाओं के विचार का प्रभाव आपकी भौतिक काया पर भी रोग इत्यादि के रूप में सामने आता है।

आपकी भौतिक काया में बुद्धि तत्त्व प्रविष्ट होकर सदैव उपस्थित रहता है, जो सूक्ष्म मानसिक काया का निर्माण करता है। यह सूक्ष्म मानसिक काया आपकी भौतिक काया की गतिविधियों पर अपना नियंत्रण रखती है। मानसिक काया पर पड़े रोग या दूषित क्रियाओं के विचार का प्रभाव आपकी भौतिक काया पर भी रोग इत्यादि के रूप में सामने आता है।

आपके रोगी होने का कारण ही है कि आपकी मानसिक काया पर अनुचित विचारों ने अपना प्रभाव डाला है। ये आपके अपने या आपके माता-पिता के विचार भी हो सकते हैं। हम अपने जीवन का आरंभ कई

अवचेतन प्रभावों से करते हैं, जिनमें सही व गलत दोनों ही विचार होते हैं; किंतु मन की सहज प्रकृति स्वास्थ्य की ओर होती है और यदि चेतन मन में स्वास्थ्य के विचार के अतिरिक्त और कुछ न हो तो शरीर की सारी आंतरिक क्रियाएँ पूर्ण स्वस्थ रूप से कार्य करने लगेंगी।

आपके भीतर उपस्थित प्रकृति तत्त्व की शक्ति सभी आनुवांशिक प्रभाव पर विजय प्राप्त करने हेतु पर्याप्त होती है और यदि आप अपने विचारों पर नियंत्रण करना सीख जाएँ, जिससे कि आप केवल स्वास्थ्य के बारे में विचार करें और यदि आप अपने जीवन की ऐच्छिक क्रियाओं को स्वास्थ्यपूर्ण तरीके से करें तो आप निश्चय ही अच्छे और स्वस्थ बने रहेंगे।

□

5

आस्था

स्वास्थ्य का सिद्धांत आस्था से चलता है। अन्य कोई भी चीज इसे सक्रिय नहीं कर सकती और केवल आस्था ही आपके विचारों को स्वास्थ्य से जोड़ने तथा रोग से आपके संबंधों को समाप्त करने में सक्षम है।

जब तक स्वास्थ्य में आपकी आस्था नहीं होगी, आप निरंतर रोग के बारे में ही सोचते रहेंगे। यदि आपको आस्था नहीं होगी तो आप संदेह करेंगे और यदि आप संदेह करेंगे तो आपको भय रहेगा और यदि आप भयभीत रहेंगे तो आपका मानसिक रूप से उन्हीं वस्तुओं से संबंध स्थापित होगा, जो आपके भय का कारण हैं।

यदि आपका भय रोग से संबंधित है तो आप रोगों के संबंध में ही सोचते रहेंगे तथा यह सोच आपके भीतर रोग के रूप और गति की उत्पत्ति करेगी। जिस प्रकार मौलिक तत्त्व स्वयं के ही विचारों के अनुरूप जीवन की उत्पत्ति करता है, ठीक उसी प्रकार आपकी मानसिक काया, जो कि मौलिक तत्त्व का ही अंश है, आपके विचारों के अनुसार ही आकार एवं गति ले लेती है। यदि आप रोग से भयभीत होते हैं, डरते हैं, रोगों से अपनी सुरक्षा के प्रति सशंकित रहते हैं या रोग के बारे में विचार करते हैं तो आप स्वयं को उससे जोड़ लेते हैं तथा इसका कोई-न-कोई रूप एवं गतिविधि आपके शरीर में पनपने लगती है।

मैं इस बिंदु को थोड़ा विस्तार से समझाना चाहूँगा। आस्था होने पर इसे किसी विचार का बल या सृजनात्मक शक्ति मिल जाती है।

जिन विचारों में आस्था नहीं होती है, वे किसी रूप का सृजन नहीं कर पाते।

निराकार तत्त्व, जिसे संपूर्ण सत्य का ज्ञान है और जो सत्य का ही विचार करता है, हर विचार में पूर्ण आस्था है; क्योंकि वह केवल सत्य सोचता है तथा उसके सभी विचार सृजनात्मक होते हैं।

किंतु यदि आप निराकार तत्त्वों में किसी ऐसे विचार की कल्पना करते हैं, जिसमें आपकी कोई आस्था नहीं है तो आप पाएँगे कि वह तत्त्व ऐसे विचार को कोई रूप नहीं दे पाएगा।

इस बात का सदैव स्मरण रखें कि जिन विचारों को आस्थापूर्वक ग्रहण किया जाता है, उन्हीं में सृजनात्मक ऊर्जा होती है। केवल विचार, जो आस्था-युक्त होते हैं, किसी क्रिया में परिवर्तन या स्वास्थ्य के सिद्धांत को कार्यान्वित करने में सक्षम होते हैं।

इस बात का सदैव स्मरण रखें कि जिन विचारों को आस्थापूर्वक ग्रहण किया जाता है, उन्हीं में सृजनात्मक ऊर्जा होती है। केवल विचार, जो आस्था-युक्त होते हैं, किसी क्रिया में परिवर्तन या स्वास्थ्य के सिद्धांत को कार्यान्वित करने में सक्षम होते हैं।

यदि स्वास्थ्य में आपकी आस्था नहीं है तो निश्चित ही रोग में होगी। यदि स्वास्थ्य में आपकी आस्था नहीं है तो स्वास्थ्य के बारे में विचार करने से भी आपका कोई भला नहीं होगा, क्योंकि आपकी उस विचार-प्रक्रिया में कोई शक्ति नहीं होगी और उससे आपकी स्थिति में कोई अच्छा परिवर्तन नहीं होगा।

मैं इस बात को पुनः दोहराता हूँ कि यदि स्वास्थ्य में आपकी

आस्था नहीं है तो अवश्य ही रोग में होगी और यदि आप इस परिस्थिति में दिन में 10 घंटे भी स्वास्थ्य के बारे में सोचें तथा रोग के बारे में कुछ मिनट के लिए ही सोचें तो भी रोग की सोच आप पर हावी होगी, क्योंकि उसके साथ आस्था का बल है। आपकी मानसिक काया भी रोग का कोई रूप या गतिविधि धारण कर लेगी, क्योंकि स्वास्थ्य के प्रति आपके विचार में किसी रूप या गति को बदलने की शक्ति है ही नहीं।

स्वस्थ बने रहने के विज्ञान को अपनाने के लिए स्वास्थ्य के प्रति आपकी पूर्ण आस्था होनी चाहिए।

आस्था विश्वास से प्रारंभ होती है और अब हम इस प्रश्न पर आते हैं—स्वास्थ्य के प्रति आस्था होने के लिए आपको किस बात का विश्वास होना चाहिए?

आपको इस बात का विश्वास होना चाहिए कि आप में तथा आपके चारों ओर के वातावरण में रोग शक्ति की अपेक्षा स्वास्थ्य शक्ति अधिक है और यह विश्वास करना आपके लिए बिल्कुल कठिन नहीं होगा, यदि आप इन तथ्यों को जान लें। ये तथ्य हैं—

स्वस्थ बने रहने के विज्ञान को अपनाने के लिए स्वास्थ्य के प्रति आपकी पूर्ण आस्था होनी चाहिए। आस्था विश्वास से प्रारंभ होती है और अब हम इस प्रश्न पर आते हैं—स्वास्थ्य के प्रति आस्था होने के लिए आपको किस बात का विश्वास होना चाहिए?

एक वैचारिक तत्त्व होता है, जिससे सभी कुछ बना है तथा जो अपनी मौलिक अवस्था में ब्रह्मांड के रिक्त स्थानों में प्रवेश कर उन्हें भर देता है।

इस तत्त्व में किसी रूप का विचार रूप की उत्पत्ति करता है। गति का विचार गति को स्थापित करता है, मानव अस्तित्व के संबंध में मौलिक तत्त्व के विचार स्वास्थ्य एवं सुचारु गतिविधियों से संबद्ध होते

हैं। यह तत्त्व मानव के भीतर या बाहर अपनी ऊर्जा को सदैव स्वास्थ्य के प्रति ही व्यय करता है।

कोई भी व्यक्ति एक विचार केंद्र होता है तथा मौलिक विचार करने में सक्षम होता है। मौलिक तत्त्व से बनी उसकी एक मानसिक काया होती है, जो उसके भौतिक शरीर में प्रविष्ट रहती है तथा उसकी भौतिक काया से संबंधित कार्य उसकी मानसिक काया की आस्था से सुनिश्चित होते हैं। यदि व्यक्ति की आशा स्वस्थ गतिविधियों में है तो उसके शरीर की आंतरिक क्रियाएँ भी स्वास्थ्यजनक रूप से संपन्न होंगी, बशर्ते वह अपनी बाह्य क्रियाएँ भी उसी प्रकार संपन्न करे। लेकिन यदि कोई व्यक्ति आस्थापूर्वक रोग या रोग की शक्ति के बारे में विचार करता है तो उसकी आंतरिक क्रियाएँ भी रोगजनक होंगी।

मानव में जो मौलिक बुद्धि तत्त्व होता है, उसकी गति का रुझान स्वास्थ्य की ओर होता है और वह उस पर चारों ओर से दबाव डालता है। मनुष्य अपने स्वास्थ्य की ऊर्जा के असीम सागर में रहता है और चलता-फिरता है तथा ऊर्जा का अपनी आस्था के अनुरूप उपयोग करता है। वह जिसे अपनाता है तथा स्वयं पर लागू करता है, वह हर प्रकार से उसकी है और यदि वह निशंक आस्था से अपना संबंध स्थापित कर लेता है तो स्वास्थ्य प्राप्त करने में वह असफल हो ही नहीं सकता, क्योंकि इस तत्त्व की शक्ति ही सारी शक्ति है।

मानव में जो मौलिक बुद्धि तत्त्व होता है, उसकी गति का रुझान स्वास्थ्य की ओर होता है और वह उस पर चारों ओर से दबाव डालता है। मनुष्य अपने स्वास्थ्य की ऊर्जा के असीम सागर में रहता है और चलता-फिरता है तथा ऊर्जा का अपनी आस्था के अनुरूप उपयोग करता है।

उपर्युक्त कथन में स्वास्थ्य के प्रति आस्था का आधार विश्वास ही है। यदि आप उन पर विश्वास करेंगे, तभी आप यह विश्वास कर पाएँगे कि स्वास्थ्य मनुष्य की प्राकृतिक एवं सहज स्थिति है तथा यह कि मनुष्य शाश्वत स्वास्थ्य के बीच रहता है, अर्थात् प्रकृति की सारी शक्तियाँ स्वास्थ्यप्रद स्थितियों को निर्मित करती हैं। स्वास्थ्य सबके लिए संभव है और निश्चित रूप से सबके द्वारा प्राप्य है। आप विश्वास कीजिए कि इस ब्रह्मांड में स्वास्थ्य की शक्ति रोग की शक्ति से दस हजार गुना अधिक है। वस्तुतः रोग की शक्ति का कोई अस्तित्व नहीं होता, यह केवल विकृत विचार एवं आस्था का परिणाम होती है और यदि आप यह विश्वास करते हैं कि स्वास्थ्य आपके लिए संभव है और संभावित रूप से यह आपके द्वारा प्राप्य है और आप यह भी भली प्रकार जानते हैं कि इसे प्राप्त करने के लिए क्या करना चाहिए, तो स्वास्थ्य के प्रति आस्था आप में आ ही जाएगी। यदि आप इस पुस्तक को तन्मयता एवं दृढ़ निश्चय के साथ पढ़ेंगे कि आपको इस पर विश्वास करना है तथा इसमें दिए गए निर्देशों को अभ्यास में लाना है तो आपको वह आस्था एवं ज्ञान अवश्य मिलेगा।

> ***वस्तुतः रोग की शक्ति का कोई अस्तित्व नहीं होता, यह केवल विकृत विचार एवं आस्था का परिणाम होती है और यदि आप यह विश्वास करते हैं कि स्वास्थ्य आपके लिए संभव है और संभावित रूप से यह आपके द्वारा प्राप्य है और आप यह भी भली प्रकार जानते हैं कि इसे प्राप्त करने के लिए क्या करना चाहिए, तो स्वास्थ्य के प्रति आस्था आप में आ ही जाएगी।***

मात्र इतना ही पर्याप्त नहीं है कि आप आस्थावान् हो जाएँ, बल्कि उस आस्था का व्यक्तिगत रूप से अनुप्रयोग भी करें, क्योंकि उपचार की

क्रिया इसी से होती है। सर्वप्रथम आप स्वस्थ होने का दावा करें और स्वास्थ्य से संबंधित विचार को आकार दें तथा यथासंभव स्वयं को पूर्ण स्वस्थ व्यक्ति मानें। तब अपनी आस्था के अवलंबन से यह कहें कि आप इस विचार को अनुभव कर रहे हैं। अपनी आस्था के सहारे यह मत मानिए कि आप ठीक होते जा रहे हैं, बल्कि यह मानिए कि आप ठीक हैं। स्वास्थ्य में आस्था तथा स्वयं पर इसको लागू करने का अभिप्राय है कि आप स्वस्थ हैं और इसका प्रथम चरण है, यह दावा करना कि यही सत्य है। स्वस्थ रहने के विचार को मन में धारण करें तथा ऐसा कुछ न बोलें या न करें, जो इस विचार का विरोधाभासी हो। कभी कोई ऐसा शब्द न बोलें और ऐसी भाव-भंगिमा न अपनाएँ, जिसका आपके दावे 'मैं पूर्ण स्वस्थ हूँ' से कोई तालमेल न हो।

स्वास्थ्य में आस्था तथा स्वयं पर इसको लागू करने का अभिप्राय है कि आप स्वस्थ हैं और इसका प्रथम चरण है, यह दावा करना कि यही सत्य है। स्वस्थ रहने के विचार को मन में धारण करें तथा ऐसा कुछ न बोलें या न करें, जो इस विचार का विरोधाभासी हो। कभी कोई ऐसा शब्द न बोलें और ऐसी भाव-भंगिमा न अपनाएँ, जिसका आपके दावे 'मैं पूर्ण स्वस्थ हूँ' से कोई तालमेल न हो।

जब आप चलें तो आपके कदम तेज हों, सीना बाहर हो और सिर उठा हुआ हो। हर समय इस बात को लेकर सतर्क रहें कि आपके शारीरिक क्रिया-कलाप तथा भाव-भंगिमाएँ एक स्वस्थ व्यक्ति की तरह हों। जब कभी आपको लगे कि आपका व्यवहार दुर्बलता या रोग की ओर झुक रहा है तो उसे तुरंत बदलिए : सीधे हो जाएँ, स्वास्थ्य और ऊर्जा के बारे में ध्यान करें। एक पूर्ण स्वस्थ व्यक्ति होने के अतिरिक्त आनेवाले हर विचार को

नकारें। व्यक्तिगत रूप से आस्था के व्यावहारिक प्रयोग के लिए आपके काम आनेवाली सर्वाधिक महत्त्वपूर्ण बात है—कृतज्ञता का अभ्यास। जब कभी आप अपने बारे में सोचें अथवा अपनी प्रगतिशील अवस्था के बारे में सोचें तो सर्वप्रथम उस महाबुद्धि तत्त्व को अपने पूर्ण स्वस्थ होने के लिए धन्यवाद दें।

ईश्वर स्वास्थ्य को निरंतर आपकी ओर प्रेरित करता है। जब भी आप विचार करें, सत्य की ओर प्रेरित करने तथा स्वस्थ मन व शरीर देने के लिए सच्चे मन से ईश्वर के प्रति आभार व्यक्त करें। मन में सदैव कृतज्ञता को स्थान दें, जो आपकी वाणी में भी परिलक्षित हो। कृतज्ञता की भावना आपको अपने विचार चुनने तथा उन पर नियंत्रण रखने में सहायक होगी।

स्मरण रहे कि परम शक्ति, सर्वशक्तिमान से जीवन-धारा निरंतर आस्त्रावित हो रही है, जिसे सृष्टि के सभी प्राणी अपने आकार व रूप के अनुसार ग्रहण करते हैं और हर व्यक्ति अपनी आस्था के अनुरूप। ईश्वर स्वास्थ्य को निरंतर आपकी ओर प्रेरित करता है। जब भी आप विचार करें, सत्य की ओर प्रेरित करने तथा स्वस्थ मन व शरीर देने के लिए सच्चे मन से ईश्वर के प्रति आभार व्यक्त करें। मन में सदैव कृतज्ञता को स्थान दें, जो आपकी वाणी में भी परिलक्षित हो। कृतज्ञता की भावना आपको अपने विचार चुनने तथा उन पर नियंत्रण रखने में सहायक होगी। जब कभी रोग का विचार आपके समक्ष प्रस्तुत हो, तत्क्षण स्वस्थ होने का अधिकार जताएँ तथा ईश्वर को अपने मित्र होने का धन्यवाद दें। ऐसा इसलिए करें कि रोग के लिए आपके मन में कोई स्थान ही न रहे। बुरे स्वास्थ्य से जुड़े किसी भी विचार का स्वागत न करें तथा ऐसे विचार के समक्ष अपने मन के द्वार को यह कहकर बंद

कर दें कि आप स्वस्थ हैं और ऐसा होने के लिए ईश्वर के प्रति सादर आभार ज्ञापित करें। ऐसा करने से शीघ्र ही पुराने विचार लौटकर आने बंद हो जाएँगे। कृतज्ञता से दोहरा प्रभाव होता है—एक तो यह आपकी आस्था को सुदृढ़ करता है और दूसरे, यह परमेश्वर के साथ आपका निकट सामंजस्य स्थापित करता है। आप यह विश्वास करने लगते हैं कि एक परम बुद्धि तत्त्व है, जिससे समस्त जीवन और ऊर्जा आती है। आप यह विश्वास भी करते हैं कि आपने अपना जीवन भी इसी से प्राप्त किया है और आप निरंतर कृतज्ञता का अनुभव करते हुए अपने आपको उसके निकट पाते हैं।

इस बात का अनुभव बड़ी आसानी से किया जा सकता है कि आप अपने जीवन-स्रोत के जितना अधिक निकट होंगे, आपको जीवन ऊर्जा भी उतनी ही आसानी से प्राप्त होगी। यह अनुभव प्राप्त करना भी आसान होगा कि इस परम बुद्धि तत्त्व से आपका संबंध आपके मानसिक दृष्टिकोण पर निर्भर करता है।

हम ईश्वर के साथ भौतिक संबंध स्थापित नहीं कर सकते, क्योंकि वह बुद्धि तत्त्व है और हम भी बुद्धि तत्त्व हैं। अतः ईश्वर से हमारे संबंध मानसिक तौर पर जुड़े होने चाहिए। तब यह बात बिल्कुल स्पष्ट है कि जो व्यक्ति ईश्वर के प्रति गहन एवं हार्दिक कृतज्ञता का अनुभव करता है, वही उसके अधिक समीप होता है, अपेक्षाकृत उस व्यक्ति के, जो ईश्वर की ओर कभी कृतज्ञतापूर्वक देखता ही नहीं है।

इस बात का अनुभव बड़ी आसानी से किया जा सकता है कि आप अपने जीवन-स्रोत के जितना अधिक निकट होंगे, आपको जीवन ऊर्जा भी उतनी ही आसानी से प्राप्त होगी। यह अनुभव प्राप्त करना भी आसान होगा कि इस परम बुद्धि तत्त्व से आपका संबंध आपके मानसिक दृष्टिकोण पर निर्भर करता है।

व्यक्ति की कृतघ्नता वस्तुतः यह दरशाती है कि उसे कुछ प्राप्त नहीं हुआ है। उसके इस आचरण के फलस्वरूप ईश्वर से उसके संबंध टूट जाते हैं। कृतज्ञ मन सदैव परमेश्वर की ओर ही निहारता है तथा खुले हृदय से सदैव उससे प्राप्ति के लिए उद्यत रहता है और वह निरंतर प्राप्त करता रहता है। मनुष्य में अवस्थित स्वास्थ्य का विचार अपनी ऊर्जा शक्ति ब्रह्मांड में अवस्थित जीवन के विचार से प्राप्त करता है तथा व्यक्ति स्वास्थ्य में निहित आस्था के द्वारा ही स्वयं को जीवन के विचार से जोड़ता है और स्वास्थ्य के प्रति आभारी होने के कारण ही उसे प्राप्त करता है।

कोई भी व्यक्ति अपनी इच्छा के समुचित उपयोग के द्वारा अपने भीतर आस्था एवं आभार—दोनों ही गुणों को विकसित कर सकता है।

□

6

इच्छा-शक्ति का उपयोग

स्वस्थ रहने के विज्ञान को अभ्यास में लाते समय जब आप कार्यों को करने में वास्तव में अक्षम होते हैं या उनको करने के लिए शारीरिक रूप से इतने सक्षम नहीं होते, तब आप स्वयं पर अपनी इच्छा का दबाव नहीं डालते। आप अपने भौतिक शरीर को अपनी इच्छा का निर्देश नहीं देते या अपनी इच्छा-शक्ति से शरीर की अंत:क्रियाओं को सुचारु रूप से कार्य करने पर जवाब देने का प्रयत्न नहीं करते।

आप अपने मन पर अपनी इच्छा को निर्देशित करें तथा उसका उपयोग यह सुनिश्चित करने के लिए करें कि आपको क्या सोचना है, क्या विश्वास करना है तथा किस बात पर ध्यान देना है!

अपनी इच्छा का प्रयोग अपने अतिरिक्त किसी अन्य व्यक्ति पर नहीं करना चाहिए, यहाँ तक कि आप स्वयं इसका प्रयोग अपने शरीर पर भी न करें। इच्छा का एकमात्र तर्कसंगत कार्य यह है कि वह सुनिश्चित करे कि आपको किस बात पर ध्यान देना है और जिस बात पर आपको ध्यान केंद्रित करना है, उसके बारे में आपके क्या विचार हैं? विश्वास करने की इच्छा ही सभी विश्वासों का आरंभ है।

आप हर उस बात पर हमेशा एवं तत्क्षण विश्वास नहीं कर सकते, जिसकी आपको इच्छा है; किंतु आप उस बात पर विश्वास करने की इच्छा सदैव रख सकते हैं, जिस पर आप विश्वास करना चाहते हैं। आप

स्वास्थ्य के बारे में सत्य पर विश्वास करना चाहते हैं और आप ऐसा इच्छापूर्वक कर सकते हैं। अभी तक इस पुस्तक में आपने जो भी तथ्य पढ़े हैं, वे स्वास्थ्य के बारे में सच हैं तथा आप उन पर विश्वास कर सकते हैं। ठीक होने के लिए आपका यह पहला कदम होना चाहिए।

ये कुछ तथ्य हैं, जिन पर विश्वास करने की आप में इच्छा होनी चाहिए— कि बुद्धि तत्त्व एक है, जिससे सबकी रचना हुई है तथा यह कि मनुष्य स्वास्थ्य का सिद्धांत प्राप्त करता है, जो इस तत्त्व की ओर से प्राप्त किया हुआ उसका जीवन है, कि मनुष्य स्वयं भी बुद्धि तत्त्व है—भौतिक शरीर में मानसिक काया प्रविष्ट रहती है तथा जैसे मनुष्य के विचार होंगे, उसके भौतिक शरीर की गतिविधियाँ भी वैसी ही होंगी।

ये कुछ तथ्य हैं, जिन पर विश्वास करने की आप में इच्छा होनी चाहिए—कि बुद्धि तत्त्व एक है, जिससे सबकी रचना हुई है तथा यह कि मनुष्य स्वास्थ्य का सिद्धांत प्राप्त करता है, जो इस तत्त्व की ओर से प्राप्त किया हुआ उसका जीवन है, कि मनुष्य स्वयं भी बुद्धि तत्त्व है—भौतिक शरीर में मानसिक काया प्रविष्ट रहती है तथा जैसे मनुष्य के विचार होंगे, उसके भौतिक शरीर की गतिविधियाँ भी वैसी ही होंगी।

यह कि यदि कोई व्यक्ति केवल पूर्ण स्वस्थ होने का विचार करता है तो उसके शरीर की आंतरिक एवं अनैच्छिक क्रियाएँ भी स्वस्थ होंगी, बशर्ते उसकी बाह्य एवं ऐच्छिक क्रियाएँ भी उसके विचारों के अनुरूप हों।

जब आप इन तथ्यों पर विश्वास करने लगें तो इन पर आचरण भी आरंभ कर दें। बिना आचरण किए आप किसी भी विश्वास को अधिक समय तक बनाकर नहीं रख सकते और विश्वास के लाभों को आप तब

तक नहीं बटोर सकते, जब तक कि आप इस प्रकार आचरण नहीं करते, मानो उसका विपरीत पक्ष ही सत्य था।

यदि आप एक बीमार की तरह आचरण करते रहे तो आप स्वास्थ्य में अधिक समय तक विश्वास नहीं बनाए रख सकते। यदि आप एक रोगी के समान आचरण करते रहेंगे तो आप स्वयं को रोगी होने के विचार से रोक नहीं पाएँगे और यदि आप अपने बारे में इस प्रकार के विचार को जारी रखेंगे तो आप रोगी ही बने रहेंगे। बाह्य रूप से एक स्वस्थ व्यक्ति की तरह आचरण करने का प्रथम चरण है कि आप आंतरिक रूप से एक स्वस्थ व्यक्ति की तरह आचरण करें। अपने पूर्ण स्वस्थ होने के विचार को आकार दें और उसके बारे में तब तक विचार करें, जब तक आप उसके तात्पर्य को न जान लें। स्वयं की ऐसी तसवीर बनाएँ कि आप स्वस्थ व्यक्ति की तरह कार्य कर रहे हैं और विश्वास रखें कि आप उस तरह से कार्यों को कर पाएँगे। ऐसा तब तक करते रहें, जब तक कि स्वस्थ होने का विचार बिल्कुल स्पष्ट न हो जाए। इस पुस्तक में स्वस्थ होने के विचार पर बोलते हुए मेरा तात्पर्य उस विचार से है, जिसमें व्यक्ति स्वस्थ लगे और एक स्वस्थ व्यक्ति की तरह ही कार्यों को करे। स्वास्थ्य के संबंध में आप उस सीमा

बाह्य रूप से एक स्वस्थ व्यक्ति की तरह आचरण करने का प्रथम चरण है कि आप आंतरिक रूप से एक स्वस्थ व्यक्ति की तरह आचरण करें। अपने पूर्ण स्वस्थ होने के विचार को आकार दें और उसके बारे में तब तक विचार करें, जब तक आप उसके तात्पर्य को न जान लें। स्वयं की ऐसी तसवीर बनाएँ कि आप स्वस्थ व्यक्ति की तरह कार्य कर रहे हैं और विश्वास रखें कि आप उस तरह से कार्यों को कर पाएँगे।

तक विचार करें, जब तक कि आप यह धारणा न बना लें कि आप स्वस्थ व्यक्ति की तरह रह रहे हैं, दिख रहे हैं, कार्य कर रहे हैं और एक पूर्ण स्वस्थ व्यक्ति की तरह कार्य कर रहे हैं। जैसा कि मैंने पहलेवाले अध्याय में कहा है कि संभवत: आप अपने पूर्ण स्वस्थ होने की मानसिक छवि न बना सकें, किंतु आप एक स्वस्थ व्यक्ति की तरह कार्य करने का विचार तो बना ही सकते हैं। पहले इस विचार को रूप दीजिए और फिर स्वयं से संबंधित पूर्ण स्वास्थ्य के विचारों का ही चिंतन कीजिए। फिर जहाँ तक संभव हो, दूसरों के बारे में सोचिए। जब बीमारी या रोग का विचार आपके मन में आए तो उसे निरस्त कर दीजिए। उसे अपने मन में प्रवेश मत करने दीजिए। उसकी ओर तनिक भी ध्यान मत दीजिए। इसका सामना स्वास्थ्य के विचार से कीजिए। यह सोचिए कि आप बिल्कुल ठीक हैं तथा आपने जो स्वास्थ्य प्राप्त किया है, उसके प्रति हार्दिक रूप से कृतज्ञ रहिए। जब कभी बीमारी की बातें बहुत तेजी से आप पर हावी हो रही हों और आपका बच पाना कठिन हो रहा हो तो तुरंत ही कृतज्ञता के अभ्यास पर अमल कीजिए, परमेश्वर के साथ अपने संबंध स्थापित कीजिए। ईश्वर को उसके द्वारा प्रदान किए गए स्वास्थ्य के लिए धन्यवाद दीजिए। फिर आप पाएँगे कि आपने शीघ्र ही अपने विचारों पर नियंत्रण प्राप्त कर लिया है और आप जो सोचना चाहते हैं, वह सोच सकते हैं। दुविधा, परीक्षा एवं

पहले इस विचार को रूप दीजिए और फिर स्वयं से संबंधित पूर्ण स्वास्थ्य के विचारों का ही चिंतन कीजिए। फिर जहाँ तक संभव हो, दूसरों के बारे में सोचिए। जब बीमारी या रोग का विचार आपके मन में आए तो उसे निरस्त कर दीजिए। उसे अपने मन में प्रवेश मत करने दीजिए। उसकी ओर तनिक भी ध्यान मत दीजिए।

लोभ के अवसरों पर कृतज्ञता का अभ्यास एक ऐसे रक्षा कवच के रूप में कार्य करता है, जो आपको बहकने से रोकता है।

ध्यान देने योग्य सबसे बड़ी बात यह है कि रोग से अपने मानसिक संबंध तोड़ दें तथा स्वास्थ्य के साथ पूर्ण मानसिक संबंध स्थापित करें। यही मानसिक आरोग्य की कुंजी है तथा सभी बातों का सार है।

यहाँ हमें ईसाई धर्म विज्ञान की महान् सफलता का रहस्य समझ में आता है। अन्य धर्म-संप्रदायों की पद्धतियों से इतर यह अपेक्षाकृत इस बात की पुरजोर सिफारिश करता है कि उसके द्वारा धर्मांतरित व्यक्ति रोग से दूर हो जाते हैं तथा आरोग्य से जुड़ जाते हैं। ईसाई धर्म, विज्ञान की उपचार-शक्ति उसके धार्मिक सिद्धांतों में अथवा पदार्थ को नकारने में नहीं है, वरन् तथ्य यह है कि वह रोगी को इस बात की ओर प्रेरित करता है कि रोगों को असत्य मानकर उनकी उपेक्षा करो तथा स्वास्थ्य को अपनी आस्था से सत्य रूप में स्वीकार करो। इसकी असफलता तब होती है, जब इसका अनुसरण करनेवाले विचार रूप में अलग होते हैं और क्रिया रूप में अलग, अर्थात् उनके खाने-पीने, श्वास लेने तथा सोने आदि की व्यावहारिक क्रियाएँ उनके विचार के अनुरूप नहीं होतीं। यद्यपि शब्दों की शृंखला की पुनरावृत्ति में नीरोग करने की शक्ति नहीं होती, तथापि यह अत्यधिक सुविधाजनक होगा, यदि आप अपने केंद्रीय विचारों को इस प्रकार व्यवस्थित करें कि उनकी पुनरावृत्ति आसान हो, जिससे जब आप

ईसाई धर्म, विज्ञान की उपचार-शक्ति उसके धार्मिक सिद्धांतों में अथवा पदार्थ को नकारने में नहीं है, वरन् तथ्य यह है कि वह रोगी को इस बात की ओर प्रेरित करता है कि रोगों को असत्य मानकर उनकी उपेक्षा करो तथा स्वास्थ्य को अपनी आस्था से सत्य रूप में स्वीकार करो।

विरोधी सुझावों से घिर जाएँ तो आप उन्हें सकारात्मक रूप से प्रयोग कर सकें। जब आपके चारों ओर एकत्र लोग रोग या मृत्यु की चर्चा करें तो आप अपने कान बंद करके निम्नलिखित बातों का मनन करें—केवल एक तत्त्व है और मैं वह तत्त्व हूँ।

वह तत्त्व शाश्वत है और यही जीवन है; मैं वही तत्त्व हूँ और मैं शाश्वत जीवन हूँ। उस तत्त्व का रोग से कोई संबंध नहीं, मैं वही तत्त्व हूँ और मैं नीरोगी हूँ।

अपनी इच्छा-शक्ति को उन विचारों के चयन में लगाइए, जो आरोग्य से संबंधित हों तथा अपने चारों ओर के वातावरण को इस प्रकार व्यवस्थित कीजिए कि आपको स्वस्थ सुझाव ही मिलें। अपने पास कोई ऐसी पुस्तक, चित्र या ऐसी अन्य कोई वस्तु न रखें, जो रोग, विकलांगता, दुर्बलता अथवा आयु के बारे में हो। केवल वे ही वस्तुएँ रखें, जो आरोग्य, प्रसन्नता, आनंद, ऊर्जा तथा युवावस्था के विचारों का संदेश देती हों। यदि इस प्रकार की किसी पुस्तक या अन्य किसी वस्तु से आपका सामना हो भी जाए तो उस पर ध्यान मत दीजिए।

अपनी इच्छा-शक्ति को उन विचारों के चयन में लगाइए, जो आरोग्य से संबंधित हों तथा अपने चारों ओर के वातावरण को इस प्रकार व्यवस्थित कीजिए कि आपको स्वस्थ सुझाव ही मिलें। अपने पास कोई ऐसी पुस्तक, चित्र या ऐसी अन्य कोई वस्तु न रखें, जो रोग, विकलांगता, दुर्बलता अथवा आयु के बारे में हो।

स्वास्थ्य के प्रति अपनी धारणा, अपनी कृतज्ञता में विचार कीजिए और उपर्युक्त प्रकार से सकारात्मक एवं दृढ़ बने रहिए। अपनी इच्छा-शक्ति का उपयोग अपने स्वस्थ होने के विचार पर केंद्रित कीजिए। आगे किसी अध्याय में मैं इस बिंदु को पुनः उठाऊँगा। यहाँ जो बात मैं स्पष्ट

करना चाहता हूँ, वह यह है कि आपको केवल स्वास्थ्य के बारे में ही सोचना है, केवल स्वास्थ्य को ही जानना और पहचानना है तथा सारा ध्यान स्वास्थ्य में ही लगाना है और आपको अपनी इच्छा का उपयोग करते हुए इस सोच, पहचान एवं ध्यान को नियंत्रित करना है।

आप अपनी इच्छा-शक्ति का उपयोग अपने शरीर की आंतरिक क्रियाओं के सुचारु निष्पादन के लिए न करें। यदि आप आरोग्य के विचारों पर अपना ध्यान केंद्रित करेंगे तो स्वास्थ्य का सिद्धांत स्वयं ही इस ओर ध्यान देगा।

आप अपनी इच्छ.-शक्ति का उपयोग अपने शरीर की आंतरिक क्रियाओं के सुचारु निष्पादन के लिए न करें। यदि आप आरोग्य के विचारों पर अपना ध्यान केंद्रित करेंगे तो स्वास्थ्य का सिद्धांत स्वयं ही इस ओर ध्यान देगा।

उस निराकार से और अधिक शक्ति अथवा पूजा प्राप्त करने हेतु उसे बाध्य करने के लिए अपनी इच्छा-शक्ति को व्यर्थ न करें। वह स्वयं ही ऊर्जा को आपकी सेवा में सहज रूप से भेज रहा है।

विपरीत परिस्थितियों पर विजय प्राप्त करने के लिए अथवा शत्रुवत् शक्तियों को कुचलने के लिए अपनी इच्छा-शक्ति का प्रयोग न करें। कोई शक्ति शत्रुवत् नहीं होती। केवल एक परम शक्ति है, जो आपके लिए मित्रवत् है। यही वह शक्ति है, जो स्वास्थ्य के लिए बनी है।

ब्रह्मांड का हर कण, हर अंश यही चाहता है कि आप स्वस्थ रहें। रोग के बारे में सोचने के अपने विशिष्ट दृष्टिकोण के अतिरिक्त आपको कहीं किसी चीज पर विजय प्राप्त करने की आवश्यकता नहीं है और यह काम आप स्वास्थ्य के प्रति अपना विशिष्ट दृष्टिकोण अपनाकर कर सकते हैं।

अपनी बाह्य क्रियाओं को निश्चित प्रकार से संपन्न करते हुए व्यक्ति अपने शरीर की आंतरिक क्रियाओं के सुचारु रूप से संपन्न होने में सहायता कर सकता है। वह अपने ध्यान को नियंत्रित कर इस ओर सोच सकता है तथा अपने ध्यान को वह अपनी इच्छा-शक्ति से नियंत्रित कर सकता है।

वह स्वयं ही तय कर सकता है कि उसे किस बारे में विचार करना है!

□

7

स्वास्थ्य : ईश्वर की देन

इस पूरे एक अध्याय में मैं केवल इसी बात की व्याख्या करूँगा कि मनुष्य परमेश्वर से किस प्रकार स्वास्थ्य की प्राप्ति कर सकता है! परमेश्वर से मेरा तात्पर्य बुद्धि तत्त्व से है, जिसने सृष्टि में सबकी रचना की है, जो सब में है, जो सभी को पूर्ण एवं अधिक ऊर्जावान् देखना चाहता है। यह बुद्धि तत्त्व परम तरल अवस्था में सभी में समाया हुआ है तथा सभी के मनों के संपर्क में है। यह सारी ऊर्जा एवं शक्ति का स्रोत है तथा निरंतर जीवन-धारा प्रवाहित करते हुए सभी को जीवंत एवं ऊर्जावान् बनाए रखता है। यह एक निश्चित उद्‌देश्य के लिए कार्य करते हुए लक्ष्य की पूर्ति करता है। वह उद्‌देश्य है—मन की पूर्ण अभिव्यक्ति की ओर जीवन का विकास। जब कोई व्यक्ति इस बुद्धि तत्त्व से तारतम्य स्थापित कर लेता है तो वह उसे स्वास्थ्य एवं ज्ञान प्रदान करता है। जब कोई व्यक्ति यथेष्ट आयु जीने के उद्‌देश्य पर डटा रहता है, तब वह परम बुद्धि से सामंजस्य स्थापित कर लेता है। उस परम बुद्धि का उद्‌देश्य है—सबके लिए यथेष्ट अधिकतम आयु। आपके लिए उसका उद्‌देश्य है—अधिकतम आयु—आरोग्य प्रदान करना। फिर भी, यदि आपका उद्‌देश्य भी अधिकतम आयु प्राप्त करना है तो आप उस परम तत्त्व के उद्‌देश्य से एकाकार हो जाते हैं—आप उसके अनुरूप कार्य करते हैं, अत: उसे भी आपके अनुरूप कार्य करना ही होता है।

किंतु जैसा कि यह परम तत्त्व सब में समाया है, अतः यदि आप इसके साथ सामंजस्य स्थापित कर लेते हैं तो इसका अर्थ है कि आप सबके साथ सामंजस्य बना लेते हैं तथा आपको अपनी यथेष्ट आयु के साथ-साथ सबकी यथेष्ट आयु की कामना करनी चाहिए। परम बुद्धि तत्त्व से सामंजस्य होने पर आपको दो लाभ प्राप्त होंगे—

प्रथम, आपको ज्ञान की प्राप्ति होगी।

ज्ञान से मेरा तात्पर्य तथ्यों की जानकारी से नहीं है, जिन्हें समझकर आप जीवन से संबंधित मामलों में सही निर्णय लेने के लिए योग्य हो जाते हैं। यहाँ ज्ञान से मेरा अभिप्राय सत्य को समझने की शक्ति से है तथा सत्य के ज्ञान का सर्वोत्तम उपयोग करने की योग्यता से है! यह अपने अंतिम लक्ष्य को त्वरित रूप से समझने की शक्ति है तथा उस लक्ष्य की प्राप्ति में उपयोगी सर्वोत्तम साधन भी।

ज्ञान से मेरा तात्पर्य तथ्यों की जानकारी से नहीं है, जिन्हें समझकर आप जीवन से संबंधित मामलों में सही निर्णय लेने के लिए योग्य हो जाते हैं। यहाँ ज्ञान से मेरा अभिप्राय सत्य को समझने की शक्ति से है तथा सत्य के ज्ञान का सर्वोत्तम उपयोग करने की योग्यता से है! यह अपने अंतिम लक्ष्य को त्वरित रूप से समझने की शक्ति है तथा उस लक्ष्य की प्राप्ति में उपयोगी सर्वोत्तम साधन भी।

ज्ञान से चित्त की शांति प्राप्त होती है, सही सोचने तथा विचारों को नियंत्रित करने की शक्ति प्राप्त होती है और विकृत सोच से उत्पन्न कठिनाइयों से बचने की क्षमता विकसित होती है। ज्ञान से आप अपनी विशेष आवश्यकताओं की पूर्ति का उचित मार्ग चुन सकते हैं तथा सर्वोत्तम परिणामों की प्राप्ति के लिए सर्वथा आत्मानुशासित हो सकते हैं। आप

यह समझने लगेंगे कि आप जो चाहते हैं, उस कार्य को कैसे पूरा करना है। आप इस बात का सहज अनुभव कर सकेंगे कि ज्ञान उस परम बुद्धि का आवश्यक गुण है। चूँकि जिसे संपूर्ण सत्य का ज्ञान है, वह निस्संदेह ज्ञानी ही होगा और आप यह भी अनुभव कर सकेंगे कि आप जिस अनुपात में उस परम बुद्धि से अपने मन का सामंजस्य स्थापित करेंगे, उसी अनुपात में आपको ज्ञान की प्राप्ति होगी।

यदि आपकी किसी कामना या उद्‌देश्य से किसी का दमन होता है, आपके किसी कार्य से किसी अन्य के प्रति अन्याय होता है अथवा आपके कारण किसी का जीवन कम होता है तो आप उस परम तत्त्व से ज्ञान प्राप्त नहीं कर सकते। इसके अतिरिक्त, स्वयं के लिए आपका उद्‌देश्य सर्वोत्तम होना चाहिए।

किंतु मैं पुनः इस बात को दोहराता हूँ कि चूँकि यह परम बुद्धि ही संपूर्ण है एवं सर्वव्याप्त है, अतः आप इसके ज्ञान को तभी पा सकते हैं, जब आप सबसे सामंजस्य स्थापित करेंगे। यदि आपकी किसी कामना या उद्‌देश्य से किसी का दमन होता है, आपके किसी कार्य से किसी अन्य के प्रति अन्याय होता है अथवा आपके कारण किसी का जीवन कम होता है तो आप उस परम तत्त्व से ज्ञान प्राप्त नहीं कर सकते। इसके अतिरिक्त, स्वयं के लिए आपका उद्‌देश्य सर्वोत्तम होना चाहिए।

सामान्यतः व्यक्ति तीन प्रकार से जीवन जी सकता है—शरीर को संतुष्ट करने के लिए, बुद्धि को प्रसन्न करने के लिए या आत्मा को प्रसन्न करने के लिए।

प्रथम प्रकार की पूर्ति होती है—भौतिक सुखों को पूर्ण करनेवाली आवश्यकताओं, जैसे—भोजन, पानी तथा अन्य क्रियाओं की संतुष्टि से। दूसरे प्रकार की पूर्ति होती है, ऐसे कार्यों से, जो मानसिक सुख प्रदान

करें; जैसे—ज्ञान प्राप्ति, अच्छे वस्त्र पहनना, प्रसिद्धि, बाहुबल इत्यादि। तीसरे प्रकार की पूर्ति होती है—निस्स्वार्थ प्रेम तथा परोपकार की सहज वृत्ति के विकास से।

चतुर व्यक्ति वही है, जो इन तीनों में एक संतुलन बनाकर चले तथा किसी में भी अति न करे। जो व्यक्ति पशुवत् केवल शरीर के लिए ही जीवित रहता है, वह अज्ञानी तथा ईश्वर से दूर रहता है। जो व्यक्ति केवल और केवल बौद्धिक सुख के लिए जीता है, भले ही वह नीतिवान् हो, वह भी अज्ञानी तथा ईश्वर से दूर ही होता है और जो व्यक्ति केवल परोपकार करते हुए स्वयं की भी उपेक्षा करता है, वह भी इन दोनों की भाँति अज्ञानी तथा ईश्वर की संगति से दूर रहता है। परम तत्त्व से पूर्ण सामंजस्य स्थापित करने के लिए आपको जीने का उद्द्देश्य बनाना होगा; अपने शरीर, मन व आत्मा की अधिकतम क्षमता के लिए जीना होगा। इसका अर्थ है कि सभी प्रकारों में क्रियाओं का बिना किसी अतिरेक के पूर्व अभ्यास, क्योंकि किसी एक में अतिरेक दूसरे का अभाव बन जाता है। अपने लिए आरोग्य-प्राप्ति की आकांक्षा के पीछे आपकी लंबी आयु प्राप्त करने की आकांक्षा होती है और इसके भी पीछे आपकी आकांक्षा होती है कि वह निराकार बुद्धि तत्त्व अधिक-से-अधिक आप में वास करे।

जो व्यक्ति केवल और केवल बौद्धिक सुख के लिए जीता है, भले ही वह नीतिवान् हो, वह भी अज्ञानी तथा ईश्वर से दूर ही होता है और जो व्यक्ति केवल परोपकार करते हुए स्वयं की भी उपेक्षा करता है, वह भी इन दोनों की भाँति अज्ञानी तथा ईश्वर की संगति से दूर रहता है।

अत: जैसे-जैसे आप पूर्ण आरोग्य की ओर बढ़ें, अपने पूर्ण जीवन—भौतिक, मानसिक एवं आध्यात्मिक की प्राप्ति के लक्ष्य को

दृढ़तापूर्वक पकड़े रहें। यदि आपका लक्ष्य बना रहा तो आपको ज्ञान की प्राप्ति अवश्य होगी। 'जो परम पिता की इच्छा को पूर्ण करने की इच्छा करता है, उसे ज्ञान प्राप्त होता है।'—ऐसा ईसा मसीह ने कहा था। ज्ञान मनुष्य का सर्वाधिक वांछनीय उपहार है, क्योंकि वही उसको सही अर्थों में आत्मानुशासित करता है।

मनुष्य को प्राप्त होनेवाली शक्ति की मात्रा ईश्वर को उसे देने की इच्छा पर निर्भर नहीं करती, वरन् यह मनुष्य की इच्छा और बुद्धिमानी पर निर्भर करती है कि वह स्वयं कितनी मात्रा में शक्ति प्राप्त करना चाहता है! ईश्वर की ओर से तो सारी शक्ति आपके लिए ही हैं; किंतु प्रश्न यह है कि आप उस असीमित आपूर्ति में से कितना लेना चाहेंगे?

किंतु आप उस परम बुद्धि तत्त्व से केवल ज्ञान की प्राप्ति ही नहीं करेंगे, आप ऊर्जा, जीवन तथा जीवन-शक्ति भी प्राप्त करेंगे। उस निराकार तत्त्व की ऊर्जा असीमित है तथा सब में व्याप्त है। आप तो पहले से ही उस ऊर्जा को स्वचालित एवं प्राकृतिक रूप से प्राप्त कर रहे हैं; किंतु थोड़ी सी चतुराई से काम लेने पर आप इसे और अधिक मात्रा में प्राप्त कर सकते हैं। मनुष्य को प्राप्त होनेवाली शक्ति की मात्रा ईश्वर को उसे देने की इच्छा पर निर्भर नहीं करती, वरन् यह मनुष्य की इच्छा और बुद्धिमानी पर निर्भर करती है कि वह स्वयं कितनी मात्रा में शक्ति प्राप्त करना चाहता है! ईश्वर की ओर से तो सारी शक्ति आपके लिए ही हैं; किंतु प्रश्न यह है कि आप उस असीमित आपूर्ति में से कितना लेना चाहेंगे? प्रोफेसर जेम्स का कहना है कि 'देखा जाए तो मनुष्य की शक्ति की कोई सीमा नहीं है, क्योंकि बड़ी साधारण सी बात है, मनुष्य की शक्ति उस परम तत्त्व के अक्षय भंडार से आती है।'

धावक रूपी मनुष्य जब थकान के पड़ाव पर पहुँच जाए, जब एक ही पद पर भागते-भागते उसे अपनी सारी शक्ति समाप्त होती प्रतीत हो तो वह दूसरा मोड़ ले सकता है। चमत्कारिक रूप से उसे नवीन ऊर्जा प्राप्त होती प्रतीत होगी और वह पुनः आगे बढ़ सकता है। फिर उस पथ पर चलने के बाद वह तीसरा, चौथा, पाँचवाँ मोड़ ले सकता है। इसकी कोई सीमा नहीं है। इनका अनंत विस्तार है। प्रतिबंध यह है कि उस धावक को पूर्ण आस्था होनी चाहिए कि उसको शक्ति अवश्य प्राप्त होगी। शक्ति के प्रति उसकी सोच दृढ़ होनी चाहिए और पूर्ण विश्वास होना चाहिए कि वह उसके पास है और उसे अपनी दौड़ क्रमशः जारी रखनी चाहिए। यदि वह अपने मन में किसी संदेह को स्थान देता है तो थकने के पश्चात् रुककर प्रतीक्षा करने पर भी ऊर्जा प्राप्त नहीं होती।

प्रतिबंध यह है कि उस धावक को पूर्ण आस्था होनी चाहिए कि उसको शक्ति अवश्य प्राप्त होगी। शक्ति के प्रति उसकी सोच दृढ़ होनी चाहिए और पूर्ण विश्वास होना चाहिए कि वह उसके पास है और उसे अपनी दौड़ क्रमशः जारी रखनी चाहिए। यदि वह अपने मन में किसी संदेह को स्थान देता है तो थकने के पश्चात् रुककर प्रतीक्षा करने पर भी ऊर्जा प्राप्त नहीं होती।

शक्ति में उसकी आस्था, अपने दौड़ने की क्षमता में विश्वास, दौड़ने का उसका दृढ़ लक्ष्य और उसकी सक्रियता इत्यादि मिलकर उसे ऊर्जा के स्रोत से इस प्रकार जोड़ देते हैं कि उसे ऊर्जा की आपूर्ति लगातार होती रहती है।

ठीक उसी प्रकार रोगी की आरोग्य में निःशंक आस्था होती है, जिसका उद्देश्य उसे स्रोत के निकट सामंजस्य में लाता है और जो अपने जीवन के ऐच्छिक क्रिया-कलापों को एक निश्चित प्रकार से पूर्ण

करता है। वह जीवंत ऊर्जा प्राप्त करता है, जो उसकी आवश्यकताओं के अनुरूप तथा उसके रोग-निवारण के लिए पर्याप्त होती है।

परमेश्वर मानवता में निवास कर अपनी पूर्ण अभिव्यक्ति चाहता है तथा मानव को वे सारी वस्तुएँ प्रदान कर प्रसन्नता का अनुभव करता है, जिसके द्वारा मानव अधिक आयु तक जीवन जी सके।

क्रिया और प्रतिक्रिया समान रूप से होती है, जैसे कि यदि आप और अधिक जीना चाहते हैं और यदि आपका उस परमात्मा से मानसिक सामंजस्य है तो उसकी शक्तियाँ आपके ऊपर अपना ध्यान केंद्रित करने में लग जाती हैं। आपकी ओर एक ऊर्जा चल पड़ती है, जिससे आपके चारों ओर का वातावरण उससे युक्त हो जाता है। तब यदि आप उसमें आस्था रखते हैं तो वह आपकी हो जाती है। 'तुम जो चाहे माँगो, तुम्हें दिया जाएगा।' परमात्मा अपनी संतानों को नाप-तौलकर नहीं देता। उसे अच्छे उपहार देने में प्रसन्नता होती है।

□

8

मानसिक सक्रियता का संक्षिप्त विवरण

अब मैं आपके समक्ष मानसिक क्रिया और विचारों को संक्षेप में पुनः दोहरा दूँ, जो स्वस्थ रहने के विज्ञान को व्यावहारिक रूप में अपनाने के लिए आवश्यक है। सर्वप्रथम आपको यह विश्वास करना है कि एक ऐसा बुद्धि तत्त्व है, जिससे सारी सृष्टि की रचना हुई है और जो अपनी मौलिक अवस्था में ब्रह्मांड के कण-कण में व्याप्त है। यह तत्त्व ही सबका जीवन है और सबको जीवन ऊर्जा देकर अपनी अभिव्यक्ति करता है। यही ब्रह्मांड के जीवन का सिद्धांत है तथा यही मानव में स्वास्थ्य का सिद्धांत है। मनुष्य भी इसी तत्त्व का रूप है तथा इसी से अपनी जीवन ऊर्जा प्राप्त करता है। वह मौलिक तत्त्व की सूक्ष्म छाया है, जो भौतिक शरीर में प्रवेश कर जाती है तथा उसका सूक्ष्म शरीर भौतिक शरीर की क्रियाओं को नियंत्रित करता है। यदि कोई व्यक्ति पूर्ण आरोग्य के अतिरिक्त और कुछ नहीं सोचता तो उसके भौतिक शरीर की सभी क्रियाएँ पूर्ण नीरोग होंगी। पूर्ण आरोग्य से स्वयं का सामंजस्य स्थापित करने के लिए तो आपका उद्‌देश्य होना चाहिए कि आप अपने अस्तित्व के हर धरातल पर जीवन को पूरी तरह से जिएँ। आपको हर वस्तु की इच्छा करनी चाहिए, जो शरीर, मन एवं आत्मा के जीवन के लिए आवश्यक हैं। इससे आप तीनों के जीवन में सामंजस्य स्थापित कर सकेंगे।

जो व्यक्ति सबके साथ चैतन्य एवं कुशल सामंजस्य स्थापित कर लेता है, उसे परम तत्त्व से निरंतर ऊर्जा प्राप्त होती रहती है तथा ऊर्जा का प्रवाह तब बाधित होता है, जब व्यक्ति क्रोधी, स्वार्थी या विरोधी मानसिकतावाला हो जाता है। यदि आप किसी भी अंश के विरोधी हैं तो आपके संबंध सबसे समाप्त हो जाते हैं। ऐसी स्थिति में आपको जीवन तो मिलेगा, किंतु सहज और स्वचलित रूप में, आपकी इच्छा से नहीं।

आप पाएँगे कि यदि आप मानसिक रूप से किसी भी भाग के विरोधी हैं तो आप उस परम पिता परमात्मा से पूरी तरह सामंजस्य स्थापित नहीं कर पाएँगे। अतः जैसा कि ईसा मसीह ने कहा है, 'पहले सब के साथ मित्रवत् व्यवहार करो, तत्पश्चात् पूजा अथवा प्रार्थना।'

आप पाएँगे कि यदि आप मानसिक रूप से किसी भी भाग के विरोधी हैं तो आप उस परम पिता परमात्मा से पूरी तरह सामंजस्य स्थापित नहीं कर पाएँगे। अतः जैसा कि ईसा मसीह ने कहा है, 'पहले सब के साथ मित्रवत् व्यवहार करो, तत्पश्चात् पूजा अथवा प्रार्थना।'

जो स्वयं के लिए चाहते हो, उसकी कामना सबके लिए करो।

पाठकों से अनुशंसा की जाती है कि वे इससे पूर्व की कृति 'धनवान् होने का विज्ञान' पढ़ें, जो प्रतिस्पर्धात्मक सोच एवं सृजनात्मक सोच से संबंधित है। यह बात बड़ी संदेहास्पद है कि जो व्यक्ति अपने स्वास्थ्य को खो चुका है, क्या वह प्रतिस्पर्धात्मक सोच रखते हुए उसे पुनः प्राप्त कर सकता है?

अपने मन के सृजनात्मक या शुभेच्छा के पटल पर रहते हुए आपका अगला कदम होना चाहिए—पूर्ण आरोग्य के बारे में आपकी सोच तथा इसके इतर किसी भी विचार का इस सोच से कोई संबंध नहीं होना। इस बात पर आस्था बनाए रखिए कि यदि आप केवल स्वास्थ्य

संबंधी विचारों का चिंतन करेंगे तो आपके भौतिक शरीर की सभी क्रियाएँ आरोग्यकर होंगी। आप बीमार हैं अथवा बीमार पड़ जाएँगे, ऐसे विचारों को कभी मत सोचिए। अपने संबंध में बीमारी के बारे में कभी विचार न करें। जहाँ तक हो सके, दूसरों के संबंध में भी रोग संबंधी विचारों को मन में प्रवेश न करने दें। जितना संभव हो सके, स्वयं को पूजा एवं आरोग्य संबंधी विचारों से आवृत्त रखें।

स्वास्थ्य में विश्वास रखें तथा स्वास्थ्य को अपने जीवन की वर्तमान वास्तविकता के रूप में स्वीकार करें। स्वास्थ्य को उस परम तत्त्व द्वारा कृपा के रूप में दिए गए वरदान की तरह मानिए और हर समय उसके प्रति कृतज्ञता व्यक्त करिए। उसकी कृपा पर पूरी आस्था रखिए, उसको अपना मानिए तथा मन में कोई विरोधी विचार न आने दीजिए। स्वयं अथवा दूसरों के रोग के लक्षणों से ध्यान हटाने के लिए अपनी इच्छा-शक्ति का प्रयोग कीजिए। रोगों के बारे में न कोई अध्ययन कीजिए, न सोचिए और न बात कीजिए। जब भी रोग से संबंधित विचार आपकी ओर आएँ, अपने पूर्ण स्वास्थ्य के लिए सविनय कृतज्ञता की मानसिक अवस्था की ओर प्रस्थान कर जाइए।

स्वास्थ्य में विश्वास रखें तथा स्वास्थ्य को अपने जीवन की वर्तमान वास्तविकता के रूप में स्वीकार करें। स्वास्थ्य को उस परम तत्त्व द्वारा कृपा के रूप में दिए गए वरदान की तरह मानिए और हर समय उसके प्रति कृतज्ञता व्यक्त करिए। उसकी कृपा पर पूरी आस्था रखिए, उसको अपना मानिए तथा मन में कोई विरोधी विचार न आने दीजिए।

नीरोगी रहने के लिए आवश्यक मानसिक क्रियाओं को अब हम एक वाक्य में संक्षेप में इस प्रकार व्यक्त कर सकते हैं—स्वयं के पूर्ण

स्वास्थ्य का विचार धारण करें तथा केवल उन विचारों का चिंतन करें, जो इसके तारतम्य में हों।

वह आस्था, कृतज्ञता तथा जीने के वास्तविक उद्देश्य सहित सभी आवश्यकताओं को पूरा कर लेगा। अध्याय-6 में बताए गए प्रकार के अतिरिक्त अन्य किसी भी प्रकार के मानसिक व्यायाम को करने की आवश्यकता नहीं है अथवा थका देनेवाले कार्य करने की आवश्यकता नहीं है। यह भी आवश्यक नहीं है कि आप प्रभावी अंगों पर अपना ध्यान केंद्रित करें। इससे अच्छा यह होगा कि आप यह सोचें ही नहीं कि आपका कोई अंग प्रभावित है। इस बात की कतई आवश्यकता नहीं है कि आप स्वयं सुझावों से अपना उपचार करने लगें या अन्य किसी को आपके लिए ऐसा करने की अनुमति दें। उपचार करने की शक्ति स्वास्थ्य के सिद्धांत में है, जो आपके भीतर ही उपस्थित है। इस सिद्धांत की सक्रियता जाग्रत् करने के लिए मात्र इतना आवश्यक है कि आप उस परमात्मा से अपना सामंजस्य स्थापित करें तथा पूर्ण आस्था से उससे स्वास्थ्य माँगें, जब तक कि उसके भौतिक लक्षण आपके शरीर की क्रियाओं में परिलक्षित न होने लगें।

इस सिद्धांत की सक्रियता जाग्रत् करने के लिए मात्र इतना आवश्यक है कि आप उस परमात्मा से अपना सामंजस्य स्थापित करें तथा पूर्ण आस्था से उससे स्वास्थ्य माँगें, जब तक कि उसके भौतिक लक्षण आपके शरीर की क्रियाओं में परिलक्षित न होने लगें।

तथापि आस्था, कृतज्ञता तथा स्वास्थ्य की इस मानसिक धारणा को बनाए रखने के लिए आपके बाह्य क्रिया-कलाप भी स्वास्थ्यवर्धक होने चाहिए।

आप उस व्यक्ति के आंतरिक विचारों को अधिक समय तक नहीं

बनाए रख सकते, जिसके बाह्य क्रिया-कलाप एक रोगी जैसे हों। केवल यही आवश्यक नहीं है कि आपका हर विचार स्वास्थ्य संबंधी हो, बल्कि यह भी आवश्यक है कि आपकी हर क्रिया भी स्वास्थ्य संबंधी हो। यदि ऐसा होता है तो निश्चित ही आपकी हर आंतरिक एवं बाह्य क्रिया (ऐच्छिक एवं अनैच्छिक क्रिया) स्वास्थ्यकर होगी, क्योंकि जीवन-शक्ति स्वास्थ्य की ओर प्रवाहित होती है।

आगे हम देखेंगे कि आप अपनी हर गतिविधि को स्वास्थ्य से भरपूर कैसे बना सकते हैं!

□

9

कब खाएँ ?

केवल मन की सक्रियता या केवल अवचेतन एवं अनैच्छिक क्रियाओं के निष्पादन से आप एक स्वस्थ शरीर का निर्माण नहीं कर सकते। कुछ ऐसी ऐच्छिक क्रियाएँ भी होती हैं, जिनकी जीवन-निर्वाह में प्रत्यक्ष भूमिका होती है। ये क्रियाएँ हैं—भोजन करना, पानी पीना, श्वास एवं निद्रा लेना।

इस बात से कोई अंतर नहीं पड़ता कि व्यक्ति की मानसिक सोच क्या है; क्योंकि वह भोजन, जल, श्वास तथा निद्रा के बिना जीवित ही नहीं रह सकता। इसके अतिरिक्त, इन क्रियाओं को उचित प्रकार से न करने पर वह स्वस्थ ही न रह पाएगा। इसलिए यह अत्यंत आवश्यक है कि आप इन क्रियाओं को करने का उचित ढंग जानें। सबसे महत्त्वपूर्ण, भोजन की क्रिया से आरंभ करते हुए मैं आपको इन सभी क्रियाओं को करने की उचित रीतियों से परिचित कराऊँगा।

यह अत्यधिक विवाद का विषय रहा है कि कब खाया जाए, क्या खाया जाए, कैसे खाया जाए तथा कितना खाया जाए ? यह सारा विवाद ही व्यर्थ है, क्योंकि सही तरीका खोज निकालना अत्यंत आसान है। आपको केवल एक सिद्धांत समझना है, जो आपकी हर उपलब्धि पर पर शासन करता है, चाहे वह स्वास्थ्य हो, संपत्ति हो, शक्ति हो या सुख हो। यह सिद्धांत है—आप वही करें, जो आप वर्तमान स्थिति में कर सकते

हैं। इस अलग कार्य को यथासंभव अधिकतम कुशलता से पूर्ण करें तथा हर कार्य में आस्था की शक्ति का प्रयोग करें। व्यक्ति की पाचन तथा चयापचय क्रिया मस्तिष्क के किसी आंतरिक भाग द्वारा निरीक्षित एवं नियंत्रित होती है, जिसे हम साधारण तथा अवचेतन मन कहते हैं और यहाँ मैं इसी शब्द का प्रयोग करूँगा, जिससे सबके लिए समझना सहज हो जाए। अवचेतन मन पर ही जीवन की सभी क्रियाओं एवं प्रक्रियाओं का दायित्व होता है और जब कभी शरीर को अधिक भोजन की आवश्यकता होती है तो वह भूख जैसी संवेदना से इसका अनुभव कराता है।

जब भी भोजन की आवश्यकता होती है, भूख लगती है और जब कभी भूख लगती है, वही भोजन करने का उचित समय होता है। भूख न होने पर भोजन करना अप्राकृतिक एवं दोषपूर्ण है, भले ही भोजन की आवश्यकता कितनी ही बड़ी क्यों न प्रतीत हो रही हो!

यद्यपि भोजन की कमी से आप अत्यधिक क्षीण हो गए हैं, फिर भी यह जान लें कि क्षुधा (भूख) के अभाव में भोजन का कोई उपयोग नहीं होता तथा ऐसी स्थिति में भोजन करना अस्वाभाविक एवं दोषपूर्ण होगा। यद्यपि आपने कई सप्ताह से कुछ न खाया हो, फिर भी यदि आपको भूख नहीं है तो इस बात से आश्वस्त रहें कि ऐसे में किए गए भोजन का कोई उपयोग नहीं हो पाता। जब भी भोजन की आवश्यकता होती है, हमारे शरीर में उसे पचाने तथा अवशोषित करने की क्षमता होती है; तभी हमारा अवचेतन मन क्षुधा जैसी संवेदना को

जब भी भोजन की आवश्यकता होती है, भूख लगती है और जब कभी भूख लगती है, वही भोजन करने का उचित समय होता है। भूख न होने पर भोजन करना अप्राकृतिक एवं दोषपूर्ण है, भले ही भोजन की आवश्यकता कितनी ही बड़ी क्यों न प्रतीत हो रही हो!

जाग्रत् करता है। यदा-कदा क्षुधा के अभाव में लिया गया भोजन पच भी जाता है और अवशोषित भी हो जाता है, क्योंकि प्रकृति इच्छा के विरुद्ध अपने ऊपर डाले गए इस अतिरिक्त कार्य को विशेष प्रयास से पूरा कर लेती है; किंतु क्षुधा न होने पर भी भोजन करना जब नियमित हो जाता है तो अंतत: पाचन-शक्ति नष्ट हो जाती है तथा उसके अनेक दुष्परिणाम होते हैं।

क्षुधा अवचेतन मन द्वारा जाग्रत् की गई वह संवेदना है, जिससे शरीर अपनी क्षतिपूर्ति एवं आंतरिक ऊष्मा के लिए और अधिक खाद्य पदार्थों की माँग करता है। क्षुधा की अनुभूति तब तक नहीं होती, जब तक शरीर को भोज्य पदार्थों की आवश्यकता नहीं होती और जब तक उदर में पहुँचे भोजन को पचाने की शक्ति नहीं होती।

यदि ये अवश्यंभावी परिणाम सत्य होते हैं—और निर्विवाद रूप से ऐसा ही है—तो यह स्वयंसिद्ध विचार है कि भोजन करने का स्वाभाविक समय वही है, जब व्यक्ति भूखा हो। इसकी विपरीत परिस्थिति में यही क्रिया अप्राकृतिक हो जाती है। अब आपके मन में प्रश्न उठ रहा होगा कि 'भोजन कब किया जाए'? इस प्रश्न का वैज्ञानिक निराकरण एक सरल विषय है। तभी भोजन कीजिए, जब आप भूखे हों तथा कभी भी बिना भूख के भोजन मत कीजिए। यही प्रकृति तथा ईश्वर की आज्ञा का पालन है। किंतु फिर भी, क्षुधा तथा बुभुक्षा के बीच के अंतर को हमें स्पष्ट रूप से समझ लेना चाहिए।

क्षुधा अवचेतन मन द्वारा जाग्रत् की गई वह संवेदना है, जिससे शरीर अपनी क्षतिपूर्ति एवं आंतरिक ऊष्मा के लिए और अधिक खाद्य पदार्थों की माँग करता है। क्षुधा की अनुभूति तब तक नहीं होती, जब तक शरीर को भोज्य पदार्थों की आवश्यकता नहीं होती और जब तक उदर में

पहुँचे भोजन को पचाने की शक्ति नहीं होती।

इसके विपरीत, बुभुक्षा इंद्रिय को तृप्त करने की इच्छा मात्र है। एक मद्यपान करनेवाले को मद्य की बुभुक्षा हो सकती है, क्षुधा नहीं। भरपेट भोजन किए हुए व्यक्ति को कैंडी या मिष्ठान के लिए क्षुधा नहीं हो सकती, बल्कि उनके प्रति उसकी लालसा ही बुभुक्षा है। चाय, कॉफी, मसालेदार भोजन अथवा एक कुशल रसोइए के हाथों बने विभिन्न स्वादिष्ट व्यंजनों को खाने की आपकी इच्छा क्षुधा के कारण नहीं होती, बल्कि यह आपकी बुभुक्षा है।

यदि कोई व्यक्ति किसी निश्चित समय पर नियमित रूप से कोई मीठा या चटपटा एवं उत्तेजित करनेवाला भोज्य पदार्थ खाता या पीता है तो उसकी इच्छा नियमित रूप से उसी समय जाग्रत् होगी; किंतु आदतन इस प्रकार भोज्य पदार्थ ग्रहण करने को क्षुधा मानने की गलती कभी नहीं करनी चाहिए।

क्षुधा शरीर में नवीन कोषों का निर्माण करने के लिए आवश्यक पदार्थों के लिए एक प्राकृतिक आवश्यकता है तथा इस उद्देश्य की पूर्ति के लिए प्रकृति कभी ऐसे पदार्थों की माँग नहीं करेगी, जिनका प्रयोग उचित न हो। बुभुक्षा बहुधा आपके अभ्यास या आदत का विषय होती है। यदि कोई व्यक्ति किसी निश्चित समय पर नियमित रूप से कोई मीठा या चटपटा एवं उत्तेजित करनेवाला भोज्य पदार्थ खाता या पीता है तो उसकी इच्छा नियमित रूप से उसी समय जाग्रत् होगी; किंतु आदतन इस प्रकार भोज्य पदार्थ ग्रहण करने को क्षुधा मानने की गलती कभी नहीं करनी चाहिए।

क्षुधा का कोई निश्चित समय नहीं होता। क्षुधा तभी अनुभव होती है, जब किसी काम अथवा व्यायाम को करने में पर्याप्त ऊर्जा का ह्रास

हो जाता है तथा ऊर्जा को पुनः प्राप्त करने के लिए भोज्य पदार्थों की आवश्यकता होती है।

उदाहरण के लिए, एक दिन पहले भरपेट भोजन किए हुए व्यक्ति को रात्रि-विश्राम के पश्चात् वास्तविक क्षुधा का अनुभव होना असंभव है। निद्रावस्था में शरीर जीवन-शक्ति से मुक्त हो जाता है तथा दिन भर किए हुए भोजन के अवशोषित होने की क्रिया पूर्ण हो जाती है। अतः हमारे शरीर तंत्र को प्रातः उठने के साथ ही भोजन की आवश्यकता नहीं होती, जब तक कि व्यक्ति बिना भोजन किए ही रात्रि विश्राम के लिए न गया हो। सुबह खाने के पीछे हमारा तर्क कोई भी हो, किंतु प्रातः नाश्ते के लिए किसी को वास्तविक क्षुधा हो ही नहीं सकती। गहरी निद्रा से उठने के तुरंत पश्चात् सामान्य अथवा वास्तविक क्षुधा जैसी किसी बात के होने की कोई संभावना नहीं है।

अतः हमारे शरीर तंत्र को प्रातः उठने के साथ ही भोजन की आवश्यकता नहीं होती, जब तक कि व्यक्ति बिना भोजन किए ही रात्रि विश्राम के लिए न गया हो। सुबह खाने के पीछे हमारा तर्क कोई भी हो, किंतु प्रातः नाश्ते के लिए किसी को वास्तविक क्षुधा हो ही नहीं सकती। गहरी निद्रा से उठने के तुरंत पश्चात् सामान्य अथवा वास्तविक क्षुधा जैसी किसी बात के होने की कोई संभावना नहीं है।

प्रातःकाल किया जानेवाला नाश्ता बुभुक्षा को तृप्त करने के लिए होता है, क्षुधा शांत करने के लिए नहीं। आप कौन हैं या आपकी स्थिति क्या है, आप कितना भी कठिन परिश्रम क्यों न करते हों और कितना भी बाहर क्यों न रहते हों, इन सब बातों से कोई अंतर नहीं पड़ता। प्रमुख बात यह है कि जब तक बिना भोजन किए आप बिस्तर पर नहीं जाते, आप सुबह अपने बिस्तर से

भूखे नहीं उठ सकते। क्षुधा सोने से नहीं, बल्कि कार्य करने से या परिश्रम करने से उत्पन्न होती है। अतः नाश्ता न करने की योजना ही आपके लिए उचित है। हम सभी के लिए उचित है, क्योंकि यह एक शाश्वत नियम पर आधारित है कि क्षुधा का अनुभव तभी होता है, जब श्रम करके कमाई जाए या उत्पन्न की जाए। मैं यह भलीभाँति जानता हूँ कि नाश्ते का सुख लेनेवाले ऐसे सभी लोग इसके विरोध में होंगे, जिनके लिए नाश्ता दिन का सर्वोत्तम आहार होता है तथा जो यह मानते हैं कि उनके कार्य इतने कठिन हैं कि वे घर से खाली पेट नहीं निकल सकते इत्यादि। किंतु तथ्यों के आगे उनके सारे तर्क ध्वस्त हो जाते हैं।

मैं यह भलीभाँति जानता हूँ कि नाश्ते का सुख लेनेवाले ऐसे सभी लोग इसके विरोध में होंगे, जिनके लिए नाश्ता दिन का सर्वोत्तम आहार होता है तथा जो यह मानते हैं कि उनके कार्य इतने कठिन हैं कि वे घर से खाली पेट नहीं निकल सकते इत्यादि। किंतु तथ्यों के आगे उनके सारे तर्क ध्वस्त हो जाते हैं।

यदि आप स्वस्थ रहने के विज्ञान के अनुसार जीवन जीना चाहते हैं तो बिना क्षुधा उपजे भोजन न करें।

लेकिन यदि सुबह उठने पर मैं नाश्ता न करूँ तो मैं दिन का अपना प्रथम आहार किस समय लूँ?

100 में से 99 प्रकरणों में दिन के 12 बजे का समय प्रथम आहार के लिए सर्वथा उचित है तथा आमतौर पर यह सर्व सुविधाजनक समय भी होता है। यदि आप भारी कार्य करते हैं तो इस समय तक इतनी क्षुधा पैदा कर लेंगे कि अच्छी मात्रा में आहार ले सकें और यदि आपकी कार्य की प्रकृति हलकी है तो भी संभवतः आप इतनी क्षुधा तो पैदा कर ही लेंगे कि सामान्य मात्रा में आहार ले सकें। एक सर्वोत्तम नियम यह बना लें कि आपको भूख लगने पर पहला आहार दोपहर में ही

लेना है तथा भूख न लगने की स्थिति में तब तक प्रतीक्षा करनी है, जब तक भूख न लगने लगे।

मैं दिन का दूसरा आहार कब लूँ?

तब तक बिल्कुल नहीं, जब तक आपको क्षुधा का अनुभव न हो—और वह भी सही उपजाई हुई क्षुधा। यदि आपको दूसरे आहार के लिए आवश्यकता अनुभव न हो तो अपने सुविधाजनक समय पर ही भोजन करें। लेकिन तब तक न खाएँ, जब तक क्षुधा उत्पन्न न हो। जो सुधी पाठक इस प्रकार के भोजन काल की व्यवस्था के बारे में और अधिक ज्ञान प्राप्त करना चाहते हों, वे इससे संबंधित उत्तम पुस्तकें इस लेख के प्राक्कथन में दी हुई सूची द्वारा प्राप्त कर सकते हैं। फिर भी, अवश्यंभावी परिणामों के द्वारा आप यह बात सरलता से समझ सकते हैं कि स्वस्थ रहने का विज्ञान इस प्रश्न का सरल निराकरण करता है कि मुझे कब और कितनी बार भोजन करना चाहिए?

उत्तर : तभी खाओ, जब क्षुधा उत्पन्न हो। इसके अतिरिक्त कभी मत खाओ।

□

10
क्या खाया जाए?

वर्तमान औषधि एवं स्वास्थ्य विज्ञान ने अभी तक इतनी उन्नति नहीं की है कि इस प्रश्न का उत्तर दे सके कि मुझे क्या खाना चाहिए? इस बात को लेकर शाकाहारियों व मांसाहारियों, पके भोजन के पक्षधर तथा कच्चे भोजन के पक्षधर तथा अनेक अन्य सिद्धांतों के संप्रदायों के बीच का विवाद अंतहीन है। हर विशिष्ट सिद्धांत के पक्ष एवं विपक्ष में एकत्र ढेरों प्रमाणों तथा तर्कों से केवल एक बात स्पष्ट है कि यदि हम इन वैज्ञानिकों पर आश्रित रहे तो यह कभी नहीं जान पाएँगे कि मनुष्य का प्राकृतिक आधार क्या है? इन सारे विवादों से परे यदि यह प्रश्न हम स्वयं प्रकृति से करें तो हमें निश्चित ही कोई उत्तर अवश्य प्राप्त होगा।

क्या खाया जाए, इस प्रश्न का उत्तर अत्यंत साधारण है। वही खाएँ, जो प्रकृति उपलब्ध कराती है। इस सृष्टि की रचना करनेवाले परमात्मा ने हर व्यक्ति के लिए हर उस स्थान पर, जहाँ मानव बसाहट है, प्रचुर मात्रा में भोजन उपलब्ध कराया है तथा उसने हर व्यक्ति को इतनी शारीरिक एवं मानसिक योग्यता प्रदान की है कि वह यह समझ सके कि उसे क्या, कैसे और कब खाना चाहिए!

जब भी लोग प्रकृति को सुधारना चाहते हैं, हमेशा गलत होते हैं; क्योंकि मानव में अभी इतना ज्ञान नहीं है कि वह गलती न करे। प्रकृति उस परमात्मा का भौतिक स्वरूप है, जो उसके नियमों तथा उसकी ऊर्जा

से कार्य करती है। प्रकृति हर व्यक्ति को ठीक वही उपलब्ध कराती है, जो उसके सही स्वास्थ्य के लिए आवश्यक है।

> ***ये खाद्य पदार्थ मनुष्य के भोजन के लिए सबसे ताजा रूप में उपलब्ध होंगे और जो उस परम तत्त्व की जीवन-ऊर्जा से भरपूर होंगे। इन भोज्य पदार्थों को पाने के लिए मनुष्य जीवन के सिद्धांत के अत्यंत निकट होगा, जिनसे इनसान की उत्पत्ति हुई है। मनुष्य को स्वयं से ही यह प्रश्न करना चाहिए कि जहाँ वह निवास करता है, उसके आसपास किस प्रकार के खाद्य पदार्थ उत्पन्न होते हैं या पाए जाते हैं?***

हम क्या खाएँगे? इस प्रश्न का व्यावहारिक निदान हम सब में व्याप्त उस परम तत्त्व ने पहले ही कर दिया है। प्रकृति के कार्यों को व्यवस्थित करते हुए उसने यह पहले से ही निश्चित कर दिया था कि मनुष्यों का भोजन क्षेत्रवार होगा। जहाँ निवास करेंगे, वहाँ की जलवायु की आवश्यकतानुसार वहाँ सर्वोत्तम खाद्य पदार्थ उपलब्ध होंगे। ये खाद्य पदार्थ मनुष्य के भोजन के लिए सबसे ताजा रूप में उपलब्ध होंगे और जो उस परम तत्त्व की जीवन-ऊर्जा से भरपूर होंगे। इन भोज्य पदार्थों को पाने के लिए मनुष्य जीवन के सिद्धांत के अत्यंत निकट होगा, जिनसे इनसान की उत्पत्ति हुई है। मनुष्य को स्वयं से ही यह प्रश्न करना चाहिए कि जहाँ वह निवास करता है, उसके आसपास किस प्रकार के खाद्य पदार्थ उत्पन्न होते हैं या पाए जाते हैं?

व्यक्ति इस बात का पता कैसे लगाए कि अपनी आयु, लिंग, वंश, स्वास्थ्य, शीत, भौतिक एवं मानसिक गतिविधियों के अनुरूप इनमें से कौन से भोजन को ग्रहण करे?

हम पुनः देखते हैं कि उस परम बुद्धि तत्त्व ने प्रकृति के साथ

सक्रिय होकर इस प्रश्न का भी उत्तर दिया है। उसने प्रत्येक क्षेत्र में विभिन्न प्रकार के भोज्य एवं भक्ष्य पदार्थ उपलब्ध कराए हैं, जो मनुष्य की क्षुधा एवं स्वाद को शांत कर सकें।

स्वास्थ्य के सिद्धांत के अंतर्गत अपने शरीर के लिए मनुष्य को कच्चे माल के रूप में भोजन की आवश्यकता होती है, जो उसके शरीर में ऊर्जा प्रदान करने, उसे बनाए रखने, सुरक्षा करने तथा कोषों की मरम्मत, निर्माण एवं विकास आदि कार्यों में प्रयुक्त होता है। उसे प्रोटीन, कार्बोहाइड्रेट, वसा, विटामिन्स तथा खनिजों की आवश्यकता होती है। ये सारे तत्त्व मांस, दूध, रक्त, अंडे, अस्थि, जलीय तथा स्थलीय प्राणियों के विभिन्न अंगों; जड़, तने, पत्तियों, फूलों, बीजों, अनाजों, मेवों, जलीय व थलीय पौधों के फल से प्राप्त होते हैं। वह परम बुद्धि तत्त्व मानव समूह को प्रकृति के सान्निध्य एवं सामंजस्य में रहते हुए इन पदार्थों को खोजने, एकत्र करने तथा भक्षण योग्य बनाने के लिए प्रेरित करता है। हर व्यक्ति को अपना आरोग्य सिद्धांत उसकी क्षुधा एवं स्वाद के अनुसार ऐसी वस्तु की ओर प्रेरित करता है, जो उसकी आवश्यकताओं की पूर्ति कर सके।

स्वास्थ्य के सिद्धांत के अंतर्गत अपने शरीर के लिए मनुष्य को कच्चे माल के रूप में भोजन की आवश्यकता होती है, जो उसके शरीर में ऊर्जा प्रदान करने, उसे बनाए रखने, सुरक्षा करने तथा कोषों की मरम्मत, निर्माण एवं विकास आदि कार्यों में प्रयुक्त होता है।

भोजन अनेक पद्धतियों से तैयार किया जाता है। यह कैसे पता लगाया जाए कि सही पद्धति कौन सी है?

व्यक्ति को अपना भोजन इस प्रकार एकत्रित एवं तैयार करना चाहिए कि जो प्रकृति के साथ सहयोग करता हो। जब लोग प्रकृति के

विरुद्ध कार्य करते हैं, तभी वे गलत होते हैं। इस बात को समझाने के लिए हमें प्रकृति से सामंजस्य रखते हुए कार्य करनेवालों तथा प्रकृति के विरोध में रहकर कार्य करनेवालों के स्वास्थ्य का तुलनात्मक अध्ययन करना होगा।

उन जातियों का समुचित स्वास्थ्य इस बात का दीप्त उदाहरण प्रस्तुत करता है कि शारीरिक शक्ति एवं क्षमता, सही नेत्र ज्योति व दाँत, दीर्घायु, कुशलता एवं चपलता, मानसिक विकास, नैतिकता और पूर्ण रूप से ठीक होने की संभावना क्या हो सकती है।

हर प्रकार की जलवायु में वहाँ की रहनेवाली जातियों ने वर्षों के अनुभव से यह प्राकृतिक ज्ञान प्राप्त किया है कि उस क्षेत्र के ऋतु चक्र एवं प्रकृति के साथ तालमेल रखते हुए किस उत्तमता से भोजन का संग्रह, तैयारी एवं भक्षण किया जाए!

उन जातियों का समुचित स्वास्थ्य इस बात का दीप्त उदाहरण प्रस्तुत करता है कि शारीरिक शक्ति एवं क्षमता, सही नेत्र ज्योति व दाँत, दीर्घायु, कुशलता एवं चपलता, मानसिक विकास, नैतिकता और पूर्ण रूप से ठीक होने की संभावना क्या हो सकती है।

पूर्णतः स्वस्थ लोग भोजन करने के किन नियमों का पालन करते हैं?

- वे केवल वही भोजन करते हैं, जो प्राकृतिक होता है अथवा प्राकृतिक तत्त्वों से निर्मित होता है।
- वे अत्यधिक पोषक तत्त्वों से युक्त भोज्य पदार्थ तथा उनके भागों का प्रयोग करते हैं।
- वे मांसाहार व शाकाहार दोनों करते हैं।
- पशु एवं पौधों से प्राप्त कुछ आहारों को कच्ची अवस्था में ही खाते हैं।

- जंगली जानवरों से प्राप्त औषधियों तथा अन्य अंगों को मांस की अपेक्षा अधिक महत्त्व एवं प्राथमिकता देते हैं।
- पालतू पशुओं से दुग्ध (कभी-कभी रक्त भी) प्राप्त करते हैं। वसंत ऋतु की ताजा घास इत्यादि के आहार पर पले हुए हृष्ट-पुष्ट पशुओं से दूध निकालकर उस दूध से बनी सामग्रियों का उपयोग करते हैं।
- इस दूध से अधिक समय तक टिकनेवाली सामग्री, जैसे—पनीर व मक्खन इत्यादि बनाते हैं। अन्य ऋतुओं में पशुओं को उच्च गुणवत्तावाले भूसे का आहार देते हैं।
- कुछ जातीय समूहों में भोजन के स्रोत के रूप में बड़े-छोटे कीड़े भी महत्त्वपूर्ण होते हैं, भले ही वहाँ मांसाहार भी उपलब्ध हो।

पालतू पशुओं से दुग्ध (कभी-कभी रक्त भी) प्राप्त करते हैं। वसंत ऋतु की ताजा घास इत्यादि के आहार पर पले हुए हृष्ट-पुष्ट पशुओं से दूध निकालकर उस दूध से बनी सामग्रियों का उपयोग करते हैं।

- समुद्र-तटीय क्षेत्रों में समुद्री जीव मांसाहार के स्रोत के रूप में प्रचलित होते हैं। मछली के अंडे पौष्टिकता से भरपूर होते हैं। जहाँ वे वर्ष भर उपलब्ध नहीं होते, वहाँ मछली का मांस तथा अंडे शीतकाल में उपयोग करने के लिए इस प्रकार सुखा लिये जाते हैं कि उनके पोषक तत्त्व सुरक्षित रहते हैं या बढ़ जाते हैं।
- पौधों से प्राप्त भोजन ऋतुकाल में बहुतायत से खाया जाता है तथा जहाँ वे वर्ष भर पैदा नहीं होते, वहाँ उन्हें सुखाकर इस प्रकार संरक्षित कर लिया जाता है कि उनके पोषक तत्त्व बने रहें।

- हर प्रकार के मिष्ठान्न को किसी विशेष अवसर पर ही खाया जाता है। रिफाइंड शक्कर से पूरी तरह बचते हैं, क्योंकि सभी मीठे पदार्थों को तैयार करने में रिफाइंड शक्कर का ही प्रयोग किया जाता है।
- पौधे उगाने के लिए प्रयुक्त भूमि को अधिकाधिक प्राकृतिक तत्त्वों से उर्वरक बनाते हैं तथा कुछ समय के लिए भूमि को भी बिना फसल उगाए छोड़ देते हैं।
- अनाज या तो साबुत खाते हैं या उपयोग के तुरंत पहले पीसते हैं। पूरे अनाज का छिलके सहित प्रयोग करते हैं।
- विवाह एवं गर्भावस्था से पूर्व तथा गर्भावस्था एवं दुग्धपान की अवस्था के दौरान स्त्रियों को कुछ महीनों के लिए अतिरिक्त और कुछ पोषकतत्त्वों से युक्त आहार दिया जाता है। बच्चों के जन्म में तीन वर्ष का अंतर रखा जाता है, ताकि माँ अपने बच्चे की सुचारु रूप से देखभाल कर सके तथा अगले शिशु को जन्म देने के लिए अपने शरीर को योग्य बना सके।
- पिता की भूमिका के लिए तैयार करने के लिए युवाओं को भी अतिरिक्त पोषक आहार दिया जाता है।
- बच्चों की देखभाल की जाती है और उनके समुचित विकास के लिए उन्हें पोषण से भरपूर आहार दिया जाता है।
- कभी–कभी प्राकृतिक रूप से भोजन की आपूर्ति में कमी आ जाती है और कभी विशेष अवसरों पर वे कम खाते हैं या बिल्कुल नहीं खाते।
- वे अपने भोजन को उगाने, एकत्रित करने, शिकार करने तथा पकाने के लिए सक्रिय रूप से भाग लेते हैं।
- वे विभिन्न सामुदायिक समारोहों में खुशियाँ मनाते हैं।

धरती पर सबसे स्वस्थ रहनेवाले लोग इसी प्रकार की दिनचर्या को व्यवहार में लाते हैं।

तब क्या होता है, जब यही लोग अपनी इस जीवनचर्या तथा भोजन के प्रकार को छोड़कर इसकी जगह अप्राकृतिक भोजन लेने लगते हैं?

वे विभिन्न प्रकार के रोग, अपंगता, दुःख तथा असामाजिक व्यवहार विकसित कर लेते हैं।

वे अप्राकृतिक खाद्य पदार्थ कौन से हैं, जिनका उपयुक्त प्रभाव होता है?

वे रिफाइंड तथा संरक्षित भोज्य पदार्थ होते हैं, जिनमें से उनका प्राकृतिक जीवन समाप्त हो जाता है अथवा पोषकतत्त्वों की कमी दूर करने के लिए उसमें अधिक चीनी एवं स्वाद जोड़ दिया जाता है। वह भोजन इतना अनुपयुक्त होता है कि उसमें जीवन तत्त्व नहीं बचता। वे भोजन रोग-युक्त पौधों तथा जानवरों से तैयार किए जाते हैं, जिनमें उपस्थित जीवन-शक्ति दुर्बलता या रोग लिये हुए होती है।

समुचित स्वास्थ्य के लिए आवश्यक है कि ऐसा ऊर्जावान् भोजन हो, जो जीवन तत्त्व से भरपूर हो तथा जिसे उचित प्रकार से खाया जाए।

आधुनिक शहरों के निवासी इस प्रकार का ऊर्जा-युक्त भोजन कैसे प्राप्त करें तथा अपने जीवन में स्वास्थ्य अभ्यास को किस प्रकार शामिल करें?

सर्वप्रथम उन्हें यह ध्यान रखना चाहिए कि वे वही भोजन ग्रहण करें, जो प्रकृति ने उन्हें उनके निवास-क्षेत्र में उपलब्ध कराया है। उसे आहारपूर्वक जीवन सिद्धांत से स्वयं को जोड़ना चाहिए कि सबके लिए

प्रचुर मात्रा में भोजन है तथा यह आस्था भी रखनी चाहिए कि उसके लिए उसके अपने क्षेत्र में भोजन के सर्वोत्तम स्रोत उपलब्ध हैं। स्वस्थ रहने के लिए इन स्रोतों से हमारा विश्वसनीय, आभार-युक्त एवं प्रसन्नतापूर्ण संबंध आवश्यक है। भोजन एकत्रित करते समय एक ही विचार रखना चाहिए कि सब दीर्घायु हों, कोई अल्पायु न हो।

व्यक्ति को खेती करना, फसल एकत्रित करना, पशुपालन, शिकार एवं मछली पकड़ना सीख लेना चाहिए या ऐसे किसी व्यक्ति को रख लेना चाहिए। यदि वह स्वयं अपने लिए भोजन एकत्रित नहीं कर सकता तो ऐसे लोगों से मित्रवत् व्यवहार रखे, जिन्हें यह आता है। तब उसे ऐसे लोगों के संपर्क में ही रहना पड़ेगा, जो भोजन प्राप्त करने की प्रक्रिया में प्रकृति के साथ पूर्ण सामंजस्य बनाए रखते हैं।

जो व्यक्ति ऐसे शिकारी या कृषक की पहचान न कर पाए, जो भोजन की खोज में प्रकृति के साथ सामंजस्य की भावना रखता हो, वह उसे समझने के लिए निम्नलिखित बातों का सहारा ले सकता है—

व्यक्ति को खेती करना, फसल एकत्रित करना, पशुपालन, शिकार एवं मछली पकड़ना सीख लेना चाहिए या ऐसे किसी व्यक्ति को रख लेना चाहिए। यदि वह स्वयं अपने लिए भोजन एकत्रित नहीं कर सकता तो ऐसे लोगों से मित्रवत् व्यवहार रखे, जिन्हें यह आता है। तब उसे ऐसे लोगों के संपर्क में ही रहना पड़ेगा, जो भोजन प्राप्त करने की प्रक्रिया में प्रकृति के साथ पूर्ण सामंजस्य बनाए रखते हैं।

अपने भोजन दाता का चुनाव

- आपका भोजन दाता स्वस्थ, प्रसन्न एवं उदार प्रकृति का हो।
- भोजन के उत्पादन में किसी प्रकार के विष तुल्य रसायनों का प्रयोग न करता हो।
- यदि वह पशुपालन करता है तो उसके पशु स्वस्थ हों और उनके प्रति उसका व्यवहार दयापूर्ण, सम्मानजनक एवं कृतज्ञतापूर्ण हो। उन्हें स्वस्थ रखने के लिए वह उत्तम आहार खिलाता हो, न कि उनसे असाधारण शारीरिक विकास एवं अधिक-से-अधिक भोजन प्राप्त करने हेतु। उन्हें अस्वास्थ्यकर वातावरण में बंद करके न रखा जाता हो। उन्हें आवश्यकतानुसार चलने-फिरने की स्वतंत्रता हो और केवल सुरक्षा के लिए ही उनके आश्रय-स्थल में रखा जाता हो।

उन्हें स्वस्थ रखने के लिए वह उत्तम आहार खिलाता हो, न कि उनसे असाधारण शारीरिक विकास एवं अधिक-से-अधिक भोजन प्राप्त करने हेतु। उन्हें अस्वास्थ्यकर वातावरण में बंद करके न रखा जाता हो। उन्हें आवश्यकतानुसार चलने-फिरने की स्वतंत्रता हो और केवल सुरक्षा के लिए ही उनके आश्रय-स्थल में रखा जाता हो।

- यदि वह जलाशयों, नदियों या समुद्री जीवों को पकड़ता है अथवा स्थलीय पशुओं का आखेट करता है तो उसे यह कार्य प्राकृतिक परिवेश में करना चाहिए। उसे ऐसे साधनों का प्रयोग करना चाहिए, जो उनकी प्रजातियों को पनपने के लिए खतरा

न बने, चाहे वह उन प्रजातियों को भोजन के लिए प्रयोग करे या नहीं।

- यदि वह कृषि कार्य करता है तो यह सुनिश्चित कर ले कि वह स्वस्थ एवं प्रदूषण-रहित भूमि का उपयोग करता हो। वह मिट्टी को बारंबार उर्वरा शक्ति से युक्त करता रहता हो, जिससे फसल प्राकृतिक पोषकतत्त्वों से भरी रहती है। उसकी फसल एवं मिट्टी इतनी सस्ती होती है कि अपनी ओर कीटों को आकर्षित नहीं करती तथा वह अपना कृषि कार्य इस प्रकार करता है कि उसके खेत से कीटों को खानेवाले पक्षी तथा अन्य जीवों को कोई हानि नहीं होती। उसके खेत से बहनेवाले जल में ऐसा कोई रसायन नहीं होता, जो जीवन के किसी अन्य अंश को क्षति पहुँचाए।

यही उस व्यक्ति के लक्षण हैं, जो खाद्य पदार्थों के उत्पादन एवं संग्रहण में प्राकृतिक सिद्धांतों को समझता है।

भोजन प्राप्त करने के किसी अन्य चरण में आपको किस सही व्यक्ति से जुड़ना चाहिए, यह सुनिश्चित करने की समझ भी आपको होनी चाहिए।

अपना भोजन पकाने की प्रक्रिया में ऐसे किसी व्यक्ति से संपर्क मत करिए, जो किसी भी प्रकार से रोग, भय या अभाव की बात करता हो। केवल ऐसे लोगों से संपर्क कीजिए, जो भोजन के जीवनदायी गुणों को आभारपूर्वक एवं प्रसन्नतापूर्वक मानते हों तथा उसे उपजाने, फसल काटने, पकाने, परोसने एवं खाने में आनंदित होते हों और यह मानते हों कि सभी के लिए पर्याप्त मात्रा में उत्तम आहार है। यह हर उस व्यक्ति के लिए महत्त्वपूर्ण है, जो आपसे संपर्क में है, चाहे वह आपको कृषि भूमि बेचनेवाला व्यक्ति हो, किसान हो, कसाई, ट्रक चालक, भंडारगृह का क्लर्क, रसोइया या रेस्तराँ का वेटर हो।

जिस अन्न या खाद्य पदार्थ को लापरवाही से उपजाया गया हो, यातायात किया गया हो अथवा उसके साथ बहुमूल्य जीवन तत्त्व की भाँति व्यवहार न किया गया हो, उसे ग्रहण नहीं करना चाहिए। ऐसा आप तब आसानी से कर सकते हैं, जब आप सभी प्राकृतिक स्रोतों से भोजन संग्रहण का कार्य कर रहे हों या ऐसा करनेवालों से प्रत्यक्ष रूप से जुड़े हुए हों।

जो शहरवासी यह सोचते हैं कि इस प्रकार का भोजन प्राप्त करना अत्यंत कठिन एवं खर्चीला होगा, उन्हें एक बार 'धनवान् बनने का विज्ञान' की समीक्षा करने की आवश्यकता है। इससे उनके सारे संदेहों का निराकरण हो जाएगा। उन्हें अपने इच्छित धन की प्राप्ति के सही तरीके की राह मिल जाएगी तथा अन्य स्रोतों को अपनी ओर आकर्षित करने की भी। जब एक समय व्यक्ति को विभिन्न प्रकार का उत्तम भोजन उपलब्ध होता है, जिसमें से उसे चुनाव करना है, तब वह किस आधार पर खाने के लिए भोज्य पदार्थों का चयन करे? यहाँ पर केवल एक ही सूत्र है—वही खाएँ, जो आपका शरीर चाहता है। आपको स्वस्थ रखने के लिए आपका शरीर वही चाहेगा, जो स्वास्थ्य के सिद्धांत को आवश्यक प्रतीत होगा।

उन्हें अपने इच्छित धन की प्राप्ति के सही तरीके की राह मिल जाएगी तथा अन्य स्रोतों को अपनी ओर आकर्षित करने की भी। जब एक समय व्यक्ति को विभिन्न प्रकार का उत्तम भोजन उपलब्ध होता है, जिसमें से उसे चुनाव करना है, तब वह किस आधार पर खाने के लिए भोज्य पदार्थों का चयन करे? यहाँ पर केवल एक ही सूत्र है—वही खाएँ, जो आपका शरीर चाहता है।

आपका शरीर क्या माँग करता है, यह बात अत्यंत सरलता से

निश्चित होती है। यदि आप वास्तव में भूखे हैं तो भोजन का विचार मात्र आपको आकर्षित करेगा। भोजन चबाते समय आपको उसका स्वाद सुखद प्रतीत होगा। भोजन करने के पश्चात् आपका शरीर ऊर्जा-युक्त एवं संतुष्ट अनुभव करेगा। जिस क्षण आप भोजन प्रारंभ करते हैं, उसके अगले दिन तक आपको आलस्य, झुँझलाहट, शारीरिक गतिविधि में किसी प्रकार की रुकावट, पीड़ा, बेचैनी अथवा अन्य कोई कष्ट अनुभव नहीं होगा। आप दिनों, सप्ताहों तथा महीनों तक स्वयं को अच्छा अनुभव करते रहेंगे।

यदि आप वास्तव में भूखे हैं तो भोजन का विचार मात्र आपको आकर्षित करेगा। भोजन चबाते समय आपको उसका स्वाद सुखद प्रतीत होगा। भोजन करने के पश्चात् आपका शरीर ऊर्जा-युक्त एवं संतुष्ट अनुभव करेगा।

इससे आपको पता लगता रहेगा कि आप सही भोजन ले रहे हैं। तब आपको इस संबंध में अधिक सोच-विचार करने की आवश्यकता नहीं होगी कि आपको भोजन में क्या लेना है या क्या नहीं! आप सदैव सही भोजन की इच्छा करेंगे। आपके शरीर में स्थित स्वास्थ्य सिद्धांत ही आपको निर्दिष्ट करेगा कि आपको क्या खाना चाहिए, जिस तरह वह 'कब खाना चाहिए' का अनुभव कराता है।

जब तक वास्तव में आपको क्षुधा का अनुभव नहीं होता, आपका स्वाद कभी भी अप्राकृतिक एवं हानिकारक भोज्य पदार्थ की इच्छा नहीं करेगा। यदि आप ऐसे भोजन के स्रोत से संपर्क स्थापित कर लेते हैं, जो आप में प्रसन्नता एवं संतोष लाता है तो आगे भी आपकी प्राकृतिक एवं स्वस्थ भोजन करने की इच्छा बढ़ेगी।

जब व्यक्ति आलस्य के कारण, स्वाद एवं अपनी सुविधानुसार, कुछ भी खाने के लिए तैयार रहता है तथा उस परम बुद्धि तत्त्व का

अनुसरण नहीं करता तो वह अपने ही गिरते हुए स्वास्थ्य के रूप में उसका मूल्य चुकाता है।

जब आप प्रकृति से सहयोग करना सीख लेंगे, तब आप अपने लिए अच्छे की ही इच्छा करेंगे और आप वही खाएँगे, जो सही होगा। यदि आप सही प्रकार से खाएँगे तो इस बात को पूर्ण परिणाम तक पहुँचा सकते हैं तथा ऐसा कैसे किया जाए, उसकी व्याख्या हम अगले अध्याय में करेंगे।

□

11

कैसे खाएँ?

यह एक निर्विवाद सत्य है कि स्वाभाविक रूप से मनुष्य अपने भोजन को चबाकर खाता है। कुछ सनकी लोगों का विचार कि हमें कुत्तों या अन्य पशुओं की तरह अपने भोजन को गटक लेना चाहिए, कोई महत्त्व नहीं रखता; क्योंकि हम जानते हैं कि हमें अपना भोजन चबा-चबाकर खाना चाहिए। यदि भोजन को चबाना सहायक क्रिया है तो हम भोजन को जितना अधिक चबाएँगे, भोजन की प्रक्रिया उतनी ही अधिक स्वाभाविक होगी। यदि आप अपने मुँह में लिये हुए हर ग्रास को तरल होने तक चबाएँगे तो आपको इस बात की चिंता करने की आवश्यकता नहीं है कि आपको पूरे पोषक तत्त्व मिल रहे हैं या नहीं; क्योंकि भोजन का चुनाव तो पहले ही आपने प्रकृति के नियम के अनुसार किया है। चबाने की क्रिया खिजाने और थकानेवाली होगी अथवा प्रसन्नता प्रदान करनेवाली, यह इस बात पर निर्भर करता है कि भोजन करते समय आपकी मनोदशा कैसी है?

यदि आपका मन और दूसरी बातों की ओर है अथवा आप अपने व्यापार एवं घरेलू कार्यों को लेकर चिंतित हैं तो आप चबाने के बजाय अपना भोजन अधिकतर गटकते जाएँगे। आपका जीवन वैज्ञानिक रूप से इतना व्यवस्थित होना चाहिए कि आपको अपने व्यापार या घरेलू कार्यों के प्रति चिंता न हो और आप ऐसा कर सकते हैं।

आपका जीवन व्यवस्थित होना चाहिए, ताकि दूसरों की उपस्थिति भी आपके भोजन के आनंद को भंग न कर पाए। इस तरह से आप अपनी भोजन-प्रक्रिया में पूरा ध्यान लगा सकते हैं।

इस बात को महत्त्व देना चाहिए कि भोजन सदैव एकाग्र एवं शांतचित्त से किया जाए। सर्वप्रथम आपको भोजन के प्रति कृतज्ञ होना चाहिए। तत्पश्चात् हर ग्रास के आनंद का अनुभव करना चाहिए। भोजन करने के पश्चात् एक बार फिर भोजन से प्राप्त ऊर्जा के प्रति कृतज्ञ होना चाहिए, जो उस जीवन तत्त्व से आप तक आई है। इस प्रकार की मानसिक प्रक्रिया भोजन में पोषक तत्त्वों को अवशोषित करने में सहायक होगी तथा शरीर में सकारात्मक क्रिया के संपादन के लिए स्वास्थ्य सिद्धांतों को आकर्षित करेगी।

इस बात को महत्त्व देना चाहिए कि भोजन सदैव एकाग्र एवं शांतचित्त से किया जाए। सर्वप्रथम आपको भोजन के प्रति कृतज्ञ होना चाहिए। तत्पश्चात् हर ग्रास के आनंद का अनुभव करना चाहिए। भोजन करने के पश्चात् एक बार फिर भोजन से प्राप्त ऊर्जा के प्रति कृतज्ञ होना चाहिए, जो उस जीवन तत्त्व से आप तक आई है।

अतः भोजन करते समय आपका एकमात्र उद्‌देश्य यही होना चाहिए कि आपको अपने भोजन का समग्र आनंद लेना है। अपने मन-मस्तिष्क से अन्य सभी बातों को हटा दें और भोजन समाप्त होने तक अपना ध्यान भंग न होने दें। यदि आप इन निर्देशों का पालन करेंगे तो आप समझ पाएँगे कि जो भोजन आप ले रहे हैं, वह उचित और सही है तथा वह पूर्णरूप से आपके शरीर के योग्य है। अतः आत्मविश्वास बनाए रखें एवं प्रसन्न रहें।

भोजन के लिए पूर्ण आत्मविश्वास से एवं प्रसन्न मुद्रा में बैठें और

भोजन की थोड़ी सी मात्रा लें। वही सामग्री लें, जो आपको अधिक रुचिकर हो। किसी भी भोजन को यह सोचकर न चुनें कि वह आपके लिए अच्छा होगा; वह चुनें, जो स्वाद में आपको अच्छा लगता है। यदि आपको ठीक होना है या ठीक रहना है तो चीजों को करने का यह विचार त्याग दीजिए कि वे आपके स्वास्थ्य के लिए अच्छी हैं। उन्हें इसलिए कीजिए, क्योंकि आप करना चाहते हैं। यथासंभव अपने पसंद के भोजन को चुनिए। कृतज्ञता से परमेश्वर को धन्यवाद कहिए कि आपने भोजन करने का सही तरीका जान लिया है, जिससे आपका पाचन बिल्कुल सही रहेगा और उस भोजन का मध्यम ग्रास अपने मुँह में रखें।

यथासंभव अपने पसंद के भोजन को चुनिए। कृतज्ञता से परमेश्वर को धन्यवाद कहिए कि आपने भोजन करने का सही तरीका जान लिया है, जिससे आपका पाचन बिल्कुल सही रहेगा और उस भोजन का मध्यम ग्रास अपने मुँह में रखें।

अपना ध्यान भोजन चबाने पर केंद्रित न करते हुए भोजन के स्वाद पर केंद्रित करें। इसका स्वाद व आनंद तब तक लेते रहें, जब तक यह पूर्ण तरल अवस्था में परिवर्तित होकर गले के नीचे न उतर जाए।

कितना भी समय लगे, लगने दीजिए। समय के बारे में मत सोचिए, स्वाद के बारे में सोचिए। अगली भोजन सामग्री की तलाश में अपनी आँखों को मत भटकाइए। इस बात की चिंता मत कीजिए कि भोजन पर्याप्त है या नहीं, आपको हर सामग्री से अपना हिस्सा मिलेगा या नहीं! अगली सामग्री के स्वाद का अनुमान मत लगाइए। अपने मन को उसी सामग्री के स्वाद पर केंद्रित रखिए, जिसका ग्रास आपके मुँह में है। इसके बारे में यही सबकुछ है।

यदि आप वैज्ञानिक एवं सही भोजन–प्रक्रिया को जान लेते हैं तथा

बिना चबाए भोजन गटकने की अपनी पुरानी बुरी आदत पर विजय प्राप्त कर लेते हैं तो यह प्रक्रिया आनंददायी हो जाती है। भोजन करते समय आवश्यकता से अधिक बात करना भी कुछ नहीं है। आवश्यकता से अधिक बात न करना भी उत्तम होगा। प्रसन्न बने रहें, बातूनी नहीं। बातें बाद में करें।

कई प्रकरणों में सही प्रकार से भोजन करने की आदत डालने के लिए इच्छा-शक्ति के प्रयोग की आवश्यकता भी होती है। बिना चबाए भोजन करने का अभ्यास असहज है तथा अधिकांशत: भय का परिणाम है। भोजन छिनने का भय, अच्छी सामग्री में हिस्सा न मिलने का भय, बहुमूल्य समय खोने का भय—इनके कारण व्यक्ति जल्दी-जल्दी भोजन गटकता है। फिर भोजन के पश्चात् मिलनेवाले मिष्ठान्न की आशा तथा परिणामत: यथासंभव उसे शीघ्रातिशीघ्र प्राप्त करने की इच्छा। इसके अतिरिक्त, भोजन करते समय ध्यान कहीं और होना या किसी अन्य विषय पर विचार करना। इन सभी पर विजय प्राप्त करनी होगी।

कई प्रकरणों में सही प्रकार से भोजन करने की आदत डालने के लिए इच्छा-शक्ति के प्रयोग की आवश्यकता भी होती है। बिना चबाए भोजन करने का अभ्यास असहज है तथा अधिकांशत: भय का परिणाम है। भोजन छिनने का भय, अच्छी सामग्री में हिस्सा न मिलने का भय, बहुमूल्य समय खोने का भय—इनके कारण व्यक्ति जल्दी-जल्दी भोजन गटकता है।

जब आपको यह एहसास हो कि आपका मन भटक रहा है तो उसे रोकें। एक क्षण के लिए भोजन एवं उसके अच्छे स्वास्थ्य के बारे में सोचें, भोजन के उपरांत होनेवाले पाचन एवं अवशोषण के बारे में सोचें और फिर भोजन करें। बार-बार आरंभ करें, भले ही एक भोजन

में आपको 20 मिनट का समय लग जाए। बार-बार ऐसा ही करें, चाहे इसमें आपको हफ्तों या महीनों का समय लग जाए। यह निश्चित सत्य है कि आप श्रम करेंगे तो अपनी आदत अवश्य बना लेंगे और एक बार आदत बन गई तो ऐसे सुख का अनुभव करेंगे, जो पहले कभी न किया हो।

यह अत्यंत महत्त्वपूर्ण बिंदु है और मैं इसे तब तक नहीं छोड़ूँगा, जब तक इसकी पूरी छाप आपके मस्तिष्क पर न डाल दूँ। सामग्री सही हो, सही प्रकार से तैयार की गई हो तो स्वास्थ्य का सिद्धांत निश्चित ही आपके शरीर को पूर्ण स्वस्थ रखेगा और मेरे बताए हुए तरीके के बिना आप पूर्ण रूप से सही सामग्री तैयार नहीं कर सकते।

यह अत्यंत महत्त्वपूर्ण बिंदु है और मैं इसे तब तक नहीं छोड़ूँगा, जब तक इसकी पूरी छाप आपके मस्तिष्क पर न डाल दूँ। सामग्री सही हो, सही प्रकार से तैयार की गई हो तो स्वास्थ्य का सिद्धांत निश्चित ही आपके शरीर को पूर्ण स्वस्थ रखेगा और मेरे बताए हुए तरीके के बिना आप पूर्ण रूप से सही सामग्री तैयार नहीं कर सकते।

यदि आपको पूर्ण स्वास्थ्य चाहिए तो आपको इसी तरीके से भोजन करना होगा। आप इसे कर सकते हैं तथा इसे करने में बस, थोड़ी सी मेहनत करने की आवश्यकता है। आपसे मानसिक नियंत्रण की क्या बात की जाए, जब आप भोजन को निगलकर खाने की साधारण सी बात पर नियंत्रण नहीं रख सकते! ध्यान केंद्रित करने की बात पर कुछ भी कहने का क्या लाभ, जब आप 15 से 20 मिनट की भोजन-प्रक्रिया के इतने छोटे से समय के लिए भी अपने मन को स्थिर नहीं रख सकते! जबकि इसके स्वाद का आनंद इसमें आपकी सहायता करता है।

आगे बढ़िए, जीतिए। स्थिति के अनुसार हफ्तों या महीनों में आप पाएँगे कि आपके भोजन करने का सही तरीका बन चुका है और शीघ्र ही आप ऐसी शानदार/भव्य मानसिक एवं शारीरिक स्थिति में होंगे कि कोई भी बात आपको उन पुरानी आदतों की ओर लौटने के लिए नहीं उकसा पाएगी।

हमने देखा है कि यदि व्यक्ति केवल अच्छे स्वास्थ्य के बारे में विचार करता है तो उसके शरीर की आंतरिक क्रियाएँ सुचारु रूप से कार्य करती हैं और हमने यह भी देखा है कि स्वास्थ्य का ऐसा विचार तभी सफल होता है, जब व्यक्ति शरीर की बाह्य ऐच्छिक क्रियाओं को स्वस्थ ढंग से करता है। ऐच्छिक क्रियाओं में सर्वाधिक महत्त्वपूर्ण क्रिया भोजन है और अभी तक हमने जो देखा है, वह यह है कि पूरी तरह से भोजन करने की क्रिया में कोई विशेष कठिनाई नहीं होती।

हमने देखा है कि यदि व्यक्ति केवल अच्छे स्वास्थ्य के बारे में विचार करता है तो उसके शरीर की आंतरिक क्रियाएँ सुचारु रूप से कार्य करती हैं और हमने यह भी देखा है कि स्वास्थ्य का ऐसा विचार तभी सफल होता है, जब व्यक्ति शरीर की बाह्य ऐच्छिक क्रियाओं को स्वस्थ ढंग से करता है।

अब मैं संक्षेप में, कारण सहित, आपको बताऊँगा कि कब, क्या और कैसे खाया जाए—

जब तक तीव्र भूख न उत्पन्न हो, कभी भोजन न करें, भले ही आप कितनी ही देर से निराहार हों। यह तथ्य पर आधारित बात है कि जब हमारे शरीर तंत्र को भोजन की आवश्यकता होती है और भोजन को पचाने की शक्ति होती है, हमारा अवचेतन मन क्षुधा की अनुभूति से इस अवस्था को प्रकट करता है।

वास्तविक क्षुधा तथा बुभुक्षा की अनुभूति से पैदा हुई भोजन करने

की लालसा और केवल मुँह चलाने के लिए खाने की इच्छा के बीच के अंतर को समझ लें। क्षुधा दुर्बलता या मूर्च्छा के साथ आनेवाली कोई अप्रिय संवेदना नहीं है, बल्कि भोजन की आशान्वित चाह की एक सुखद अनुभूति है। यह किसी निश्चित समय पर अथवा अंतराल पर नहीं आती। यह तभी अनुभव होती है, जब शरीर भोजन को पाने, पचाने तथा अवशोषित करने के लिए तैयार होता है।

भोजन वही करें, जो आपको अच्छा लगे। अपने निवास-क्षेत्र में पाए जानेवाले विभिन्न खाद्य पदार्थों में से अपना चयन करें। उस परम बुद्धि तत्त्व ने मानवता को इनमें से चयन के लिए प्रेरित किया है। यहाँ मैं उन्हीं खाद्य पदार्थों की ओर संकेत कर रहा हूँ, जो हमारी क्षुधा शांत करते हैं, उनके बारे में नहीं, जो केवल हमारी लालसा तथा विकृत स्वाद को तुष्ट करते हैं।

भोजन वही करें, जो आपको अच्छा लगे। अपने निवास-क्षेत्र में पाए जानेवाले विभिन्न खाद्य पदार्थों में से अपना चयन करें। उस परम बुद्धि तत्त्व ने मानवता को इनमें से चयन के लिए प्रेरित किया है। यहाँ मैं उन्हीं खाद्य पदार्थों की ओर संकेत कर रहा हूँ, जो हमारी क्षुधा शांत करते हैं, उनके बारे में नहीं, जो केवल हमारी लालसा तथा विकृत स्वाद को तुष्ट करते हैं। प्रचुर मात्रा में भोज्य पदार्थों को अपनी क्षुधा शांत करने हेतु उपयोग में लाने के लिए मानव को प्रेरित करनेवाली सहज वृत्ति दैवीय होती है। परमेश्वर ने कोई त्रुटि नहीं की है। यदि आप इन भोज्य पदार्थों का सेवन करेंगे तो गलत नहीं होंगे।

आप अपना भोजन सुखद आत्मविश्वास के साथ, प्रसन्न वातावरण में करें तथा हर ग्रास से अधिकतम आनंद प्राप्त करें। हर ग्रास को तरल अवस्था में आने तक चबाएँ तथा ध्यानपूर्वक इस प्रक्रिया का आनंद लें।

भोजन करने का केवल यही संपूर्ण व सफल तरीका है और जब कोई कार्य सफल रूप से हो जाता है तो उसका परिणाम कभी असफल नहीं हो सकता।

स्वास्थ्य या आरोग्य प्राप्त करने में वही सिद्धांत लागू होता है, जो धन-संपत्ति प्राप्त करने में होता है। यदि आप प्रत्येक क्रिया को अपने आप में सफल बनाएँगे तो आपकी सभी क्रियाओं का योग सफलता ही होगा। जब आप उस मनोदशा में तथा उस प्रकार से भोजन करेंगे, जैसा मैंने बताया है, तब उस प्रक्रिया में कुछ और जोड़ने की आवश्यकता ही नहीं होगी। जब भोजन करने की क्रिया सफलतापूर्वक पूरी हो जाएगी तो पाचन, अवशोषण तथा स्वस्थ शरीर का निर्माण आरंभ हो जाएगा।

अगले अध्याय में हम भोजन की आवश्यक मात्रा के प्रश्न पर विचार करेंगे।

□

12
बुभुक्षा एवं क्षुधा

मुझे कितना खाना चाहिए? इस प्रश्न का सही उत्तर देना अत्यंत सरल है। सर्वप्रथम आपको तब तक भोजन नहीं करना है, जब तक वास्तविक क्षुधा न हो और जैसे ही आपको लगे कि आपकी क्षुधा शांत हो गई है, भोजन लेना रोक देना चाहिए। लालसावश आवश्यकता से अधिक भोजन न करें। अघाकर भोजन न करें। जब आपको लगे कि आपकी क्षुधा शांत हो गई है तो समझ लीजिए कि आप पर्याप्त भोजन कर चुके हैं; क्योंकि जब तक आपको पर्याप्त भोजन नहीं मिलेगा, क्षुधा का अनुभव होता रहेगा।

यदि आप पिछले अध्याय में बताए गए तरीके से भोजन करते हैं तो यह संभव है कि आमतौर पर आप जितनी मात्रा में भोजन लेते हैं, उसकी आधी मात्रा लेते ही आपकी क्षुधा समाप्त हो जाए। ऐसी स्थिति आते ही तत्काल अतिरिक्त भोजन लेना बंद कर दें। भोजन के बाद के मीठे व्यंजनों के स्वाद के लालच में न पड़ें। यदि आपका पेट पहले ही भर चुका है तो इन व्यंजनों का एक भी ग्रास न लें।

क्षुधा शांत होने के पश्चात् आप जो भी अतिरिक्त भोज्य पदार्थ लेते हैं, वह केवल आपकी तृष्णा व लालच की पूर्ति है और यह अप्राकृतिक है। इसलिए यह अतिरिक्त है—व्यसन है तथा यह भी निश्चित है कि इसके दुष्परिणाम होंगे। इस बात को आपको बहुत ध्यान से समझ

लेना होगा कि केवल लालसा को शांत करने के लिए खाने की आदत लगभग हम सभी में गहरे तक बैठी हुई है। प्राय: मुख्य भोजन के पश्चात् स्वादिष्ट मीठे व्यंजनों को इसी उद्देश्य से तैयार किया जाता है कि लोग क्षुधा शांत होने के बाद भी खाने के लिए प्रेरित हों और इसके परिणाम बुरे ही होते हैं। इन अपूर्ण भोज्य पदार्थों को खाने का परिणाम ही है—अपनी भूख एवं लालसा को बढ़ाना।

ठीक यही बात भोजन के पूर्व मदिरा-सेवन के लिए भी लागू होती है। दोनों ही बातें आपको बड़ी चतुराई से आवश्यकता से अधिक भोजन करने के लिए उकसाती हैं और आपको अपनी वास्तविक क्षुधा को पहचानने एवं उसे तृप्त करने में कठिनाई पैदा कर सकती हैं। यदि आप पिछले अध्याय में बताए गए तरीके से भोजन करते हैं तो आप पाएँगे कि साधारणत प्रकार का भोजन भी स्वाद में आपको राजसी लगेगा, क्योंकि अन्य इंद्रियों की भाँति आपकी खाद्येंद्रियाँ भी इतनी विकसित हो जाएँगी कि उसे साधारण भोजन सामग्री में भी आनंद आएगा।

यदि आप पिछले अध्याय में बताए गए तरीके से भोजन करते हैं तो आप पाएँगे कि साधारणत प्रकार का भोजन भी स्वाद में आपको राजसी लगेगा, क्योंकि अन्य इंद्रियों की भाँति आपकी खाद्येंद्रियाँ भी इतनी विकसित हो जाएँगी कि उसे साधारण भोजन सामग्री में भी आनंद आएगा।

आवश्यकता से कहीं अधिक खानेवाले व्यक्ति को भोजन का वह आनंद प्राप्त नहीं होता, जो क्षुधा शांत करने के लिए खानेवाले व्यक्ति को प्राप्त होता है। क्षुधा समाप्त होने की सूचना का प्रथम संकेत अवचेतन मन की ओर से होता है। यही उचित समय है, जब भोजन करना रोक देना चाहिए।

औसतन जो भी व्यक्ति जीने की इस योजना के प्रारूप का अनुसरण करता है, उसे यह जानकर आश्चर्य होता है कि शरीर को अच्छी स्थिति में रखने के लिए कितने कम भोजन की आवश्यकता होती है!

भोजन की मात्रा श्रम या कार्य पर निर्भर करती है, अर्थात् व्यक्ति की मांसपेशियाँ कितना कार्य कर रही हैं तथा व्यक्ति को किस सीमा तक शीत क्षेत्र में रहना पड़ता है।

जो लकड़हारा ठंड के मौसम में जंगल में लकड़ियाँ काटने जाता है, उसे दो पूर्ण भोजन की आवश्यकता हो सकती है; किंतु एक औसत तापमानवाले कमरे में दिन भर कुरसी पर बैठकर मानसिक कार्य करनेवाले व्यक्ति के लिए एक-तिहाई भोजन तथा बहुधा उसका दसवाँ हिस्सा ही पर्याप्त होता है।

जो लकड़हारा ठंड के मौसम में जंगल में लकड़ियाँ काटने जाता है, उसे दो पूर्ण भोजन की आवश्यकता हो सकती है; किंतु एक औसत तापमानवाले कमरे में दिन भर कुरसी पर बैठकर मानसिक कार्य करनेवाले व्यक्ति के लिए एक-तिहाई भोजन तथा बहुधा उसका दसवाँ हिस्सा ही पर्याप्त होता है। अधिकतर लकड़हारे प्राकृतिक आवश्यकता से दो-तीन गुना ज्यादा तथा मानसिक कार्य करनेवाले तीन से दस गुना तक भोजन कर लेते हैं। इससे अतिरिक्त मलिनता को दूर करने के लिए शरीर के विभिन्न तंत्र पर अतिरिक्त भार पड़ता है, जिससे कुछ समय में उनकी ऊर्जा कम हो जाती है तथा उन्हें किसी-न-किसी रोग का सरल शिकार बना देती है।

अपने भोजन के स्वाद का यथासंभव पूरा आनंद उठाइए; किंतु किसी भोज्य पदार्थ को केवल इसलिए मत खाइए, क्योंकि उसका स्वाद अच्छा है। जैसे ही आपको लगने लगे कि आपकी क्षुधा की तीव्रता कम हो गई है, भोजन करना बंद कर दीजिए।

यदि आप एक क्षण के लिए विचार करें तो आप पाएँगे कि भोजन संबंधी विविध प्रश्नों का निराकरण करने के लिए इस योजना को अपनाने से अच्छा अन्य कोई तरीका नहीं है। भोजन करने का उचित समय निर्धारित करने का मात्र एक ही तरीका है—जब तीव्र क्षुधा उत्पन्न हो, तभी खाएँ। यह बात स्वयंसिद्ध है कि भोजन का यही समय सर्वोचित है तथा अन्य कोई भी समय अनुचित।

जहाँ तक प्रश्न है कि क्या खाया जाए? तो उस शाश्वत बुद्धि तत्त्व ने यह सुनिश्चित कर दिया है कि लोग वही खाएँगे, जो उनके निवास क्षेत्र में उत्पन्न होता है। आपके क्षेत्र विशेष में उत्पन्न होनेवाले मुख्य खाद्यान्न ही आपका भोजन हैं। परमेश्वर ने मनुष्य को यह ज्ञान दिया है कि इस आहार को वह पकाकर या अन्य किसी प्रक्रिया द्वारा खाने योग्य और अच्छा कैसे बना सकता है!

जहाँ तक प्रश्न है कि क्या खाया जाए? तो उस शाश्वत बुद्धि तत्त्व ने यह सुनिश्चित कर दिया है कि लोग वही खाएँगे, जो उनके निवास क्षेत्र में उत्पन्न होता है। आपके क्षेत्र विशेष में उत्पन्न होनेवाले मुख्य खाद्यान्न ही आपका भोजन हैं। परमेश्वर ने मनुष्य को यह ज्ञान दिया है कि इस आहार को वह पकाकर या अन्य किसी प्रक्रिया द्वारा खाने योग्य और अच्छा कैसे बना सकता है!

कैसे खाया जाए? यह आपको पता है कि हमें शांत मन से अपना भोजन चबा-चबाकर खाना चाहिए और भोजन जितना अधिक चबाकर किया जाएगा, हमारे शरीर के लिए उतना ही अच्छा होगा।

मैं पुनः दोहराता हूँ कि किसी कार्य में सफलता प्राप्त करने के लिए उस कार्य के हर छोटे-से-छोटे भाग को सफलतापूर्वक करना चाहिए।

यदि आप हर कार्य को, भले ही वह कम महत्त्व का हो, पूरी तरह सफल बनाएँगे तो आपके पूरे दिन के कार्य का परिणाम असफलता कभी नहीं हो सकती। यदि आप प्रतिदिन के कार्य सफलतापूर्वक करेंगे तो आपके पूरे जीवन का योग असफल नहीं हो सकता।

एक महान् सफलता कई सारे छोटे-छोटे कार्यों का परिणाम होती है। यदि आपका हर विचार स्वस्थ है और यदि आपके जीवन में किया गया हर कार्य स्वस्थ रूप से किया गया है तो आप शीघ्र ही पूर्ण स्वास्थ्य को प्राप्त कर लेंगे। यह लगभग असंभव है कि भोजन के हर गिलास को तरल अवस्था तक चबाने, स्वाद का पूरा आनंद लेने तथा उस समय तक सुखद आत्मविश्वास बनाए रखने के अतिरिक्त भोजन करने की अन्य कोई अपेक्षाकृत अच्छी विधि हो सकती है। यह प्रक्रिया अपने आप में पूर्ण स्वस्थ है। इसमें न कुछ बढ़ाए जाने की आवश्यकता है, न कुछ घटाए जाने की।

> ***एक महान् सफलता कई सारे छोटे-छोटे कार्यों का परिणाम होती है। यदि आपका हर विचार स्वस्थ है और यदि आपके जीवन में किया गया हर कार्य स्वस्थ रूप से किया गया है तो आप शीघ्र ही पूर्ण स्वास्थ्य को प्राप्त कर लेंगे।***

कितना खाएँ? इस मामले में आप पाएँगे कि जैसा मैंने बताया था, उससे अधिक सहज, सुरक्षित और विश्वसनीय अन्य कुछ नहीं होगा। जैसे ही आपकी क्षुधा समाप्त हो जाए, वैसे ही भोजन करना बंद कर दें। जिस प्रकार भोजन की माँग की सूचना के लिए हम अवचेतन मन द्वारा दिए गए स्पष्ट संकेत पर विश्वास करते हैं, उसी प्रकार भोजन की आवश्यकता पूर्ण होने के उसके संकेत पर भी भरोसा करना आवश्यक है। यदि भोजन को केवल क्षुधा शांत करने के लिए किया जाएगा, केवल स्वाद की संतुष्टि के लिए नहीं तो आप कभी

आवश्यकता से अधिक नहीं खाएँगे। यदि आप वास्तविक क्षुधा होने पर ही खाएँगे तो आप पर्याप्त भोजन पा लेंगे।

आगामी अध्याय में निष्कर्ष को ध्यान से पढ़ने पर आप पाएँगे कि सही एवं स्वस्थ रूप से भोजन करने की आवश्यकताएँ वास्तव में बहुत कम एवं सरल हैं।

सहज रूप से पीने के विषय को हम कुछ शब्दों में ही समाप्त करते हैं। यदि आप सही अर्थों में तथा कठोरतापूर्वक वैज्ञानिक पद्धति अपनाना चाहते हैं तो जल के अतिरिक्त और कुछ न पिएँ। तभी पिएँ, जब आप प्यासे हों। जब भी आपको प्यास लगे, आप पानी पिएँ। जैसे ही आपको लगे कि आपकी प्यास बुझ गई है, जल पीना रोक दें।

सहज रूप से पीने के विषय को हम कुछ शब्दों में ही समाप्त करते हैं। यदि आप सही अर्थों में तथा कठोरतापूर्वक वैज्ञानिक पद्धति अपनाना चाहते हैं तो जल के अतिरिक्त और कुछ न पिएँ। तभी पिएँ, जब आप प्यासे हों। जब भी आपको प्यास लगे, आप पानी पिएँ। जैसे ही आपको लगे कि आपकी प्यास बुझ गई है, जल पीना रोक दें।

लेकिन यदि भोजन लेने के मामले में आप नियमानुसार चल रहे हैं तो पेय के मामले में अपने ऊपर बहुत अधिक प्रतिबंध न लगाएँ। यदा-कदा आप एक कप हलकी कॉफी पी सकते हैं। एक उचित सीमा तक आप अपने आसपास के रीति-रिवाजों को मान सकते हैं। केवल जीभ के स्वाद को संतुष्ट करने के लिए सोडा एवं अन्य मीठे पेय पदार्थों के सेवन की आदत न डालें।

हमेशा प्यास अनुभव करने पर पानी पीएँ। कम प्यास लगने पर भी पानी पीने में कभी आलस्य, उदासीनता या व्यस्तता को बीच में न

आने दें। यदि आप इस नियम का पालन करेंगे तो अन्य विचित्र एवं अप्राकृतिक पेय पदार्थों को पीने के लिए कम प्रवृत्त होंगे। आप अपनी प्यास बुझाने के लिए जल पिएँ। आपको जब भी प्यास लगे, जल पिएँ तथा प्यास बुझते ही जल पीना बंद कर दें। शरीर की आंतरिक प्रक्रियाओं के लिए आवश्यक तरल पदार्थ की आपूर्ति का इससे अच्छा कोई तरीका नहीं है।

□

13
सारांश

ब्रह्मांड के हर स्थान और हर जीव में शाश्वत जीवन व्याप्त है। यह जीवन मात्र हलचल या ऊर्जा का स्वरूप नहीं, यह जीवन तत्त्व है। सारी सृष्टि इसी से हुई है। यही सबकुछ है तथा सब में है।

यह तत्त्व विचारशील है एवं अपनी सोच के अनुरूप आकार ले सकता है। इस तत्त्व में रूप या आकार का विचार ही उस रूप या आकार की उत्पत्ति करता है तथा गति का विचार गति उत्पन्न करता है। ब्रह्मांड में दृष्टिगोचर इसके सभी रूपों एवं गतियों का अस्तित्व ही इसी कारण से है, क्योंकि ये मौलिक तत्त्व के विचार में थे।

मानव उसी मौलिक तत्त्व का एक रूप है और मौलिक विचारों को सोच सकता है और उसके इन विचारों में नियंत्रक एवं सृजनात्मक शक्ति होती है। किसी स्थिति विशेष का विचार उस स्थिति को उत्पन्न करता है, किसी गति का विचार उसी गति को स्थापित करता है। जब तक व्यक्ति रोग की स्थिति एवं गति पर विचार करता है, तब तक उसके अंदर इनका अस्तित्व होता है। यदि व्यक्ति केवल पूर्ण स्वास्थ्य का विचार करेगा तो स्वास्थ्य का सिद्धांत उसके भीतर सामान्य स्थिति को बनाए रखेगा।

स्वस्थ होने के लिए या स्वस्थ बने रहने के लिए व्यक्ति को पूर्ण स्वास्थ्य का विचार धारण कर लेना चाहिए तथा अपने साथ-साथ दूसरों के प्रति भी इसी भाव का सामंजस्य बनाए रखना चाहिए। उसे केवल

स्वस्थ परिस्थितियों एवं गतिविधियों पर ही विचार करना चाहिए। उसे ऐसी किसी रोगी या विकृत परिस्थिति या गतिविधि के बारे में आनेवाले विचारों को तत्काल रोक देना चाहिए, ताकि वे मन में स्थान न बना सकें।

केवल स्वस्थ परिस्थितियों एवं गतिविधियों का चिंतन करने के लिए व्यक्ति को अपने जीवन की ऐच्छिक क्रियाओं को भलीभाँति संपन्न करना चाहिए। वह पूर्ण स्वास्थ्य के बारे में तब तक नहीं सोच सकता, जब तक उसे यह ज्ञात है कि वह दोषपूर्ण या रोगजनक प्रकार से जीवन व्यतीत कर रहा है अथवा उसे संदेह है कि उसके जीवन की रीति उचित है या नहीं।

व्यक्ति तब तक पूर्ण स्वास्थ्य के विचारों का चिंतन नहीं कर सकता, जब तक वह अपनी ऐच्छिक क्रियाओं को एक रोगी व्यक्ति की तरह संपन्न करता है। जीवन की ऐच्छिक क्रियाओं के अंतर्गत आनेवाली क्रियाएँ हैं—भोजन ग्रहण करना, जल पीना, श्वास लेना तथा निद्रा लेना।

व्यक्ति तब तक पूर्ण स्वास्थ्य के विचारों का चिंतन नहीं कर सकता, जब तक वह अपनी ऐच्छिक क्रियाओं को एक रोगी व्यक्ति की तरह संपन्न करता है। जीवन की ऐच्छिक क्रियाओं के अंतर्गत आनेवाली क्रियाएँ हैं—भोजन ग्रहण करना, जल पीना, श्वास लेना तथा निद्रा लेना। यदि व्यक्ति केवल पूर्ण स्वास्थ्य की परिस्थितियों एवं गतिविधियों का चिंतन करेगा तथा अपनी इन बाह्य ऐच्छिक क्रियाओं को सही प्रकार से करेगा तो वह निश्चय ही पूर्ण नीरोगी होगा।

भोजन ग्रहण करने के विषय में व्यक्ति को अपनी क्षुधा के संकेत को समझना चाहिए। उसे क्षुधा एवं बुभुक्षा के बीच का अंतर समझना चाहिए। इसी प्रकार क्षुधा तथा बार-बार खाने की आदत के बीच का अंतर भी। जब तक क्षुधा उत्पन्न न हो, उसे भोजन नहीं करना चाहिए।

उसे यह समझ लेना चाहिए कि प्राकृतिक निद्रा लेने के पश्चात् वास्तविक क्षुधा नहीं होती तथा प्रातः किए जानेवाला नाश्ता केवल नित्य अभ्यास एवं बुभुक्षा का विषय है; और प्रकृति के नियमों का उल्लंघन करते हुए व्यक्ति को अपना दिन प्रारंभ नहीं करना चाहिए। उसे वास्तविक क्षुधा उत्पन्न होने तक प्रतीक्षा करनी चाहिए, जो लगभग मध्याह्न में प्रथम आहार के लिए प्रेरित कर सकती है।

व्यक्ति—चाहे वह किसी भी दशा, व्यवसाय परिस्थिति में हो—को अपना एक नियम बना लेना चाहिए कि उसे तब तक भोजन नहीं करना है, जब तक उसे भूख न लगे। उसे याद रखना चाहिए कि भूख लगने के पहले भोजन करने से अच्छा है कि भूख लगने के कुछ घंटे बाद तक उपवास की स्थिति में रहा जाए। भूख लगने के कुछ समय बाद तक भी बिना खाए रहने से कोई हानि नहीं होगी; किंतु बिना भूख लगे खाने से अवश्य हानि हो सकती है, भले ही आप भारी श्रम कर रहे हों या हलका। यदि तीव्र क्षुधा उत्पन्न होने तक आप भोजन नहीं करते हैं तो आप पूर्ण स्वास्थ्य की ओर हैं। यह स्वयंसिद्ध बात है।

व्यक्ति—चाहे वह किसी भी दशा, व्यवसाय परिस्थिति में हो—को अपना एक नियम बना लेना चाहिए कि उसे तब तक भोजन नहीं करना है, जब तक उसे भूख न लगे। उसे याद रखना चाहिए कि भूख लगने के पहले भोजन करने से अच्छा है कि भूख लगने के कुछ घंटे बाद तक उपवास की स्थिति में रहा जाए।

क्या खाएँ? इस प्रश्न के निराकरण के लिए परमात्मा ने मनुष्य के निवास क्षेत्र में वहाँ की आवश्यकता के अनुसार प्रचुर मात्रा में खाद्य पदार्थ उपलब्ध कराए हैं। ईश्वर पर तथा उसकी क्षमता पर विश्वास

रखिए कि वह आपके शरीर की आवश्यकता के अनुसार आपके स्वाद को प्रेरित करेगा। पके हुए तथा कच्चे भोजन, शाकाहार या मांसाहार के संबंधित गुणों के विरोधाभास अथवा कार्बोहाइड्रेट्स एवं प्रोटीन की आवश्यकता पर चिंता मत कीजिए।

विलासिता की ओर या केवल स्वाद के कारण लोभ पैदा करनेवाली वस्तुओं की ओर मत जाइए। सादा भोजन कीजिए और जब आपको उनमें स्वाद न आए तो तभी उपवास रखिए, जब तक उस सादे भोजन में स्वाद न लगने लगे। तब ही आप इस कार्य (क्या खाएँ) को पूर्ण स्वस्थ रूप से कर पाएँगे। मैं फिर कहता हूँ, यदि आपको भूख न हो या साधारण भोजन में कोई स्वाद न आए तो बिल्कुल मत खाइए।

केवल भूख लगने पर ही अपने क्षेत्र में उत्पन्न होनेवाले खाद्य पदार्थों का सेवन कीजिए। पूर्ण आत्मविश्वास बनाए रखें कि परिणाम अच्छा ही होगा।

विलासिता की ओर या केवल स्वाद के कारण लोभ पैदा करनेवाली वस्तुओं की ओर मत जाइए। सादा भोजन कीजिए और जब आपको उनमें स्वाद न आए तो तभी उपवास रखिए, जब तक उस सादे भोजन में स्वाद न लगने लगे। तब ही आप इस कार्य (क्या खाएँ) को पूर्ण स्वस्थ रूप से कर पाएँगे। मैं फिर कहता हूँ, यदि आपको भूख न हो या साधारण भोजन में कोई स्वाद न आए तो बिल्कुल मत खाइए। भूख लगने तक प्रतीक्षा कीजिए। तब तक उपवास रखिए, जब तक आपको साधारणतम भोजन में भी स्वाद न आने लगे और फिर अपनी सबसे प्रिय वस्तु से भोजन करना आरंभ कीजिए।

कैसे खाया जाए? यह सुनिश्चित करने के लिए व्यक्ति को अपने विवेक का प्रयोग करना होगा। आज हम देख सकते हैं कि अपने

व्यवसाय या अन्य कार्यों को निपटाने की शीघ्रता एवं चिंता ने असाधारण परिस्थितियाँ पैदा कर दी हैं और इन्हीं के चलते व्यक्ति खाने में अधिक शीघ्रता करता है तथा चबाता कम है।

हम जानते हैं कि क्रोधपूर्ण या व्यथित वातावरण पाचन-क्रिया पर बुरा प्रभाव डालता है। तर्क कहता है कि भोजन अच्छी तरह से चबाना चाहिए तथा मुख में भोजन जितना अधिक एवं भली प्रकार से चबाया जाएगा, पाचन-क्रिया के लिए वह उतना ही अधिक तैयार होगा। इसके अतिरिक्त, हम यह भी देख सकते हैं कि जो व्यक्ति पूर्ण एकाग्रता से भोजन को धीरे-धीरे तरल अवस्था तक चबाकर खाता है, वह जल्दी भोजन करनेवाले व्यक्ति की अपेक्षा भोजन का अधिकतम आनंद उठाता है।

हम जानते हैं कि क्रोधपूर्ण या व्यथित वातावरण पाचन-क्रिया पर बुरा प्रभाव डालता है। तर्क कहता है कि भोजन अच्छी तरह से चबाना चाहिए तथा मुख में भोजन जितना अधिक एवं भली प्रकार से चबाया जाएगा, पाचन-क्रिया के लिए वह उतना ही अधिक तैयार होगा।

पूर्ण स्वस्थ प्रकार से भोजन करने के लिए व्यक्ति को प्रसन्नता एवं विश्वास से भोजन-प्रक्रिया पर ध्यान लगाना चाहिए। एक तो उसे भोजन से स्वाद प्राप्त करना चाहिए और दूसरे, मुँह में लिया हुआ ग्रास निकलने के पूर्व चबा-चबाकर अधिकतम तरल कर लेना चाहिए। यदि बताई गई प्रक्रिया का यथानुरूप पालन किया जाए तो यही भोजन करने की सर्वोत्तम विधि है। इससे संबंधित क्या, कब और कैसे के लिए अन्य कुछ जोड़ने की आवश्यकता नहीं है। 'कितना खाने' के विषय में व्यक्ति को अंतर्मन के संकेतों को समझना चाहिए, जो उसे भोजन की आवश्यकता का अनुभव कराता है। जैसे ही

उसे लगे कि भूख समाप्त हो गई है, उसे तत्क्षण भोजन करना रोक देना चाहिए। इस बिंदु के पश्चात् केवल अपनी लालसा या स्वाद को संतुष्ट करने के लिए नहीं खाना चाहिए। यदि वह अपने आंतरिक संकेतों को समझकर उनका अनुसरण करते हुए तुरंत खाना बंद कर देता है तो वह आवश्यकता से अधिक कभी नहीं खाएगा तथा शरीर को भोजन की आपूर्ति की प्रक्रिया सुचारु रूप से चलती रहेगी।

स्वाभाविक रूप से भोजन करने का विषय अत्यंत सहज है। इस पूरी प्रक्रिया में ऐसा कुछ भी नहीं है, जिसका निर्वहन न किया जा सके। अभ्यास में लाने पर यह विधि निश्चय ही पाचन एवं अवशोषण के सुंदर परिणाम देगी तथा इस संबंध में आपकी सारी चिंताएँ समाप्त हो जाएँगी।

स्वाभाविक रूप से भोजन करने का विषय अत्यंत सहज है। इस पूरी प्रक्रिया में ऐसा कुछ भी नहीं है, जिसका निर्वहन न किया जा सके। अभ्यास में लाने पर यह विधि निश्चय ही पाचन एवं अवशोषण के सुंदर परिणाम देगी तथा इस संबंध में आपकी सारी चिंताएँ समाप्त हो जाएँगी। जब भी आपको तीव्र क्षुधा का अनुभव हो, आप अपने सामने उपलब्ध विभिन्न प्रकार के प्राकृतिक खाद्य पदार्थों को पूर्ण कृतज्ञता के साथ ग्रहण करें। हर ग्रास को तरल होने तक चबाएँ तथा क्षुधा समाप्त होने का संकेत मिलते ही भोजन करना रोक दें।

इस प्रक्रिया में व्यक्ति की मानसिक स्थिति की भी अत्यंत महत्त्वपूर्ण भूमिका है। जब कभी आप भोजन कर रहे हों, तब केवल स्वस्थ परिस्थितियों एवं सामान्य गतिविधियों के बारे में सोचें। आप जो भी खाएँ, उसका आनंद लें। यदि भोजन करते समय आपको वार्त्तालाप करना ही है तो भोजन की अच्छाई तथा उसे खाने में आपको कितना

आनंद आ रहा है, उसके बारे में करें। कभी यह न कहें कि मुझे यह पसंद नहीं। आपको जो पसंद है, उसके बारे में बोलें। भोजन की पूर्णता या अपूर्णता पर चर्चा न करें; विशेषकर अपूर्णता के संबंध में न तो सोचें, न ही अपने विचार प्रकट करें।

यदि भोजन की मेज पर कोई ऐसी वस्तु है, जिसे आप पसंद नहीं करते तो उसे शांति से अथवा उसकी प्रशंसा करते हुए आगे बढ़ा दें। कभी किसी खाद्य पदार्थ की आलोचना या उस पर आपत्ति न जताएँ। परमात्मा की प्रशंसा करते हुए तथा उसे धन्यवाद देते हुए प्रसन्नतापूर्वक एकाग्रचित्त होकर भोजन ग्रहण करें। इन शब्दों का प्रयत्नपूर्वक पालन करें। यदि आप अपनी पुरानी विधि—जल्दी खाने या अनुचित विचारों एवं संवादों पर आ भी जाते हैं तो सावधान होकर सतर्कतापूर्वक पुनः आरंभ करें। इस विषय में सर्वाधिक महत्त्वपूर्ण बात यह है कि आपका आत्म-नियंत्रित एवं आत्मनिर्भर होना आवश्यक है तथा इसकी आशा आप तब तक नहीं कर सकते, जब तक भोजन ग्रहण करने जैसे अत्यंत साधारण एवं आधारभूत विषय पर आप अपना स्वामित्व प्राप्त नहीं कर लेते। यदि आप इस कार्य में स्वयं को नियंत्रित नहीं कर सकते तो आप किसी अन्य उपयोगी कार्य के लिए भी स्वयं को अनुशासित नहीं कर सकते।

दूसरी ओर, यदि आप बताए गए सभी निर्देशों का पालन करते हैं तो इस बात से आश्वस्त रहिए कि सही विचार एवं सही प्रकार से भोजन करने के संबंध में आप पूर्ण वैज्ञानिक रीति से अपना जीवन व्यतीत कर रहे हैं। इस बात पर भी विश्वास रखिए कि आनेवाले अध्यायों में बताए गए निर्देशों का पालन करने से आप पूर्ण स्वास्थ्य की स्थिति प्राप्त कर लेंगे।

□

14

श्वास प्रक्रिया

श्वास की प्रक्रिया अत्यंत महत्त्वपूर्ण है। इसका सीधा संबंध जीवन की निरंतरता को बनाए रखने से है। बिना निद्रा लिये हम कई घंटों तक जीवित रह सकते हैं और बिना खाए-पिए कई दिनों तक, परंतु बिना श्वास लिये केवल कुछ मिनट ही जीवित रह सकते हैं।

श्वास एक अनैच्छिक क्रिया है; किंतु इसका तरीका तथा इसके स्वस्थ निष्पादन के लिए समुचित परिस्थितियों की उपलब्धता अपने निर्णय लेने की क्षमता के अंतर्गत आती है। कोई व्यक्ति अनैच्छिक रूप से श्वास तो लेता रहेगा, किंतु ऐच्छिक रूप से वह यह सुनिश्चित कर सकता है कि उसे कैसा और कितना गहरा श्वास लेना है। वह अपने विवेक से इस प्रक्रिया के संचालन के लिए शारीर तंत्र को सही बनाए रख सकता है। यदि आप उचित प्रकार से श्वास लेना चाहते हैं तो यह आवश्यक है कि आप अपने शारीर तंत्र एवं अवयवों को, जो श्वास क्रिया में सहयोगी होते हैं, सही स्थिति में रखें। आप अपनी रीढ़ को सीधा रखें तथा वक्ष की मांसपेशियाँ श्वास क्रिया के लिए मुक्त एवं लचीली हों। यदि आपके कंधे आगे की ओर झुके होंगे, वक्ष का भाग मुड़ा हुआ होगा तो आप समुचित प्रकार से श्वास नहीं ले पाएँगे। कार्य करते समय झुककर बैठने अथवा खड़े होने से तथा वजन उठाते समय वक्ष की इस प्रकार की स्थिति बन जाती है। लगभग हर प्रकार के कार्य की प्रवृत्ति

ऐसी ही होती है कि कंधे आगे की ओर आ जाते हैं, रीढ़ मुड़ जाती है तथा वक्षस्थल चपटा हो जाता है। ऐसी स्थिति में पूरा श्वास भरना असंभव होता है, फिर पूर्ण स्वास्थ्य का तो प्रश्न ही नहीं है। कार्य के समय कंधे झुकने के प्रभाव को दूर करने के लिए विभिन्न जिम्नास्टिक व्यायाम बनाए गए हैं, जैसे दोनों हाथों से झूले पर लटकना, कुरसी पर बैठकर पैरों को किसी भारी फर्नीचर में अटकाकर पीछे की ओर तब तक मुड़ते जाना, जब तक सिर जमीन से स्पर्श न करने लगे इत्यादि। ये व्यायाम स्वयं में बहुत अच्छे हैं; किंतु ऐसे लोग कम ही हैं, जो लंबे समय तक इन्हें नियमित रूप से कर पाएँ, जिससे कि उन्हें कोई लाभ मिल पाए। किसी भी प्रकार के व्यायाम अनावश्यक एवं भार-स्वरूप होते हैं। इससे भी कहीं अधिक सहज व सरल उपाय मौजूद है। यह उपाय है—स्वयं को सीधा रखें और गहरा श्वास लें। इस समय अपने बारे में आपकी सोच यह होनी चाहिए कि आप बिल्कुल सीधे तने हुए हैं तथा जब कभी यह बात आपके दिमाग में आती है तो तुरंत ही अपना वक्ष फैला लें, कंधे पीछे कर लें तथा बिल्कुल सीधे हो जाएँ। जब आप ऐसा करें, तब धीरे-धीरे श्वास खींचकर अपने फेफड़ों को अधिकतम क्षमता के अनुसार भरें। जितनी संभव हो, उतनी वायु भर लें और एक क्षण के लिए वायु को फेफड़ों में ही रोकते हुए कंधों को थोड़ा और पीछे वक्ष की ओर विस्तृत

ये व्यायाम स्वयं में बहुत अच्छे हैं; किंतु ऐसे लोग कम ही हैं, जो लंबे समय तक इन्हें नियमित रूप से कर पाएँ, जिससे कि उन्हें कोई लाभ मिल पाए। किसी भी प्रकार के व्यायाम अनावश्यक एवं भार-स्वरूप होते हैं। इससे भी कहीं अधिक सहज व सरल उपाय मौजूद है। यह उपाय है—स्वयं को सीधा रखें और गहरा श्वास लें।

करें। उसी समय अपनी रीढ़ को कंधों के बीच आगे की ओर खींचें और फिर श्वास को धीरे-धीरे छोड़ें।

वक्ष को पूर्ण लचीली एवं अच्छी स्थिति में रखने के लिए यह एक बहुत अच्छा व्यायाम है। सीधे हो जाएँ, अपने फेफड़ों को श्वास से भर लें, वक्ष को फैलाएँ, रीढ़ को सीधा रखें और श्वास छोड़ दें। इस व्यायाम को आप हर मौसम, समय एवं स्थान पर तब तक दोहराते रहें, जब तक आप इसे अपना दैनिक अभ्यास न बना लें। इस कार्य को आप सरलता से कर सकते हैं। जब आप अपने घर के बाहर ताजा शुद्ध हवा में जाएँ तो श्वास लें। जब आप अपने काम पर हों, अपने बारे में, अपने पद के बारे में सोच रहे हों तो श्वास लें। जब आप अपनी कंपनी में हों और कोई बात याद आ जाए तो श्वास लें। रात में नींद खुल जाए, श्वास लें। इससे कोई अंतर नहीं पड़ता कि आप कहाँ हैं या क्या कर रहे हैं! जब भी आपको याद आए, सीधे होकर श्वास लें। अपने कार्यस्थल पर जाते-आते यह अभ्यास करें। कुछ ही समय में आपको इसमें आनंद आने लगेगा और फिर आप इसे जारी रखेंगे; न केवल अपने स्वास्थ्य के लिए वरन् अपने आनंद के लिए भी। इसे स्वास्थ्य संबंधी व्यायाम न समझें। अपने आपको स्वस्थ रखने के लिए कभी जिम्नास्टिक या व्यायाम न करें। इसे करने का अर्थ है कि आप यह मान रहे हैं कि आपको कोई बीमारी है या उसके होने

> ***वक्ष को पूर्ण लचीली एवं अच्छी स्थिति में रखने के लिए यह एक बहुत अच्छा व्यायाम है। सीधे हो जाएँ, अपने फेफड़ों को श्वास से भर लें, वक्ष को फैलाएँ, रीढ़ को सीधा रखें और श्वास छोड़ दें। इस व्यायाम को आप हर मौसम, समय एवं स्थान पर तब तक दोहराते रहें, जब तक आप इसे अपना दैनिक अभ्यास न बना लें।***

की संभावना है। यह सोच हमें मन में नहीं लानी है। जो लोग अपने स्वास्थ्य के लिए सदैव व्यायाम करते हैं, वे हमेशा अपने बीमार होने के बारे में सोचते रहते हैं। अपनी रीढ़ को सीधा एवं दृढ़ रखना आपके लिए गर्व की बात होनी चाहिए। इस क्रिया को उतना ही महत्त्व देना चाहिए, जितना आप अपने चेहरे की सफाई को देते हैं। जिस कारण से आप अपने हाथ एवं नाखून साफ रखते हैं, उसी कारण को मानते हुए अपनी रीढ़ सीधी एवं वक्ष लचीला रखें, अन्यथा आप फूहड़ कहलाएँगे। यह कार्य आप मन में बिना किसी वर्तमान या संभावित रोग का विचार लाए हुए करें या तो आप टेढ़े व कुरूप हो सकते हैं या सीधे व सतर्क और यदि सीधे रहेंगे तो आपकी समुचित श्वास प्रक्रिया स्वतः ही आपके स्वास्थ्य को सँभाल लेगी। व्यायाम विषय की चर्चा हम अगले अध्याय में करेंगे। बहरहाल, आवश्यक यह है कि आप श्वास द्वारा वायु खींचें। यह प्रकृति की मंशा प्रतीत होती है कि फेफड़े ऑक्सीजन के नियमित प्रतिशत से युक्त वायु ही ग्रहण करें, अन्य गैसों या प्रदूषण से युक्त वायु नहीं। ऐसा मत सोचिए कि उस स्थान पर रहना तथा कार्य करना आपकी मजबूरी है, जहाँ श्वास लेने योग्य वायु नहीं है। यदि आपके घर की स्थिति ऐसी है, जहाँ शुद्ध वायु के आवागमन की उचित व्यवस्था नहीं है तो उस घर को छोड़ दीजिए। यदि आपको अपने कार्यस्थल पर भी ऐसा ही लगता है तो अपनी नौकरी बदल दीजिए। इस शृंखला की पूर्व पुस्तक 'धनवान् बनने का विज्ञान' में बताए गए तरीकों

यह कार्य आप मन में बिना किसी वर्तमान या संभावित रोग का विचार लाए हुए करें या तो आप टेढ़े व कुरूप हो सकते हैं या सीधे व सतर्क और यदि सीधे रहेंगे तो आपकी समुचित श्वास प्रक्रिया स्वतः ही आपके स्वास्थ्य को सँभाल लेगी।

को अपनाकर आप ऐसा कर सकते हैं। यदि कोई भी कर्मचारी प्रदूषित वायु या वातावरण में काम करने पर तैयार नहीं होगा तो मालिक को शीघ्र ही कार्य-स्थल पर वायु के उचित आवागमन का प्रबंध करना ही होगा। वह वायु सबसे निकृष्ट होती है, जो विषैली एवं रासायनिक गैसों से युक्त होती है; तत्पश्चात् वह वायु, जो फफूँद, एस्बेस्टीस व धूल कणों से युक्त होती है। इसके पश्चात् वह वायु आती है, जिसमें ऑक्सीजन की मात्रा क्षीण हो चुकी हो, जैसे—वायुयान, चर्च एवं थिएटर के भीतर का वातावरण, जहाँ लोगों की बड़ी भीड़ एकत्रित होती है तथा स्वच्छ वायु का आवागमन सुचारु नहीं होता है।

भोजन के अतिरिक्त जैविक पदार्थों के छोटे-छोटे कणों को फेफड़े इन गैसों की अपेक्षा अधिक आसानी से निष्कासित करते हैं, जबकि ये गैसें रक्त में घुल जाती हैं। यहाँ मैं जान-बूझकर 'भोजन के अतिरिक्त' शब्द का प्रयोग कर रहा हूँ।

फिर होती है ऐसी वायु, जिसमें ऑक्सीजन व हाइड्रोजन के अतिरिक्त अन्य प्राकृतिक गैसें घुली रहती हैं—सीवर गैस तथा सड़ते हुए पदार्थों से निकली हुई दुर्गंध-युक्त गैस। वह वायु, जिसमें घरेलू धूल या पराग कण होते हैं, वह इन सबकी अपेक्षा अधिक सहनीय होती है। भोजन के अतिरिक्त जैविक पदार्थों के छोटे-छोटे कणों को फेफड़े इन गैसों की अपेक्षा अधिक आसानी से निष्कासित करते हैं, जबकि ये गैसें रक्त में घुल जाती हैं। यहाँ मैं जान-बूझकर 'भोजन के अतिरिक्त' शब्द का प्रयोग कर रहा हूँ। वायु काफी हद तक एक भोजन है। शरीर के द्वारा ग्रहण किए जानेवाला यह सर्वाधिक जीवन-युक्त तत्त्व है। हर श्वास जीवन देता है। मिट्टी, घास, वृक्षों, पुष्पों, पौधों तथा पकते हुए भोजन से आनेवाली गंध अपने आप में भोजन है। जिस पदार्थ से यह गंध उपजती है, उसी पदार्थ के ये अत्यंत

सूक्ष्म कण होते हैं और अधिकांशतः इतने सूक्ष्म होते हैं कि फेफड़ों से होते हुए सीधे रक्त में मिल जाते हैं तथा पाचन-क्रिया के बिना ही अवशोषित हो जाते हैं। यह संपूर्ण वातावरण उस एक मौलिक तत्त्व, जो स्वयं जीवन है, से व्याप्त रहता है।

श्वास लेते समय चैतन्य होकर इसको पहचानने व समझने का प्रयास करें और विचार करें कि हर श्वास में आप अपने भीतर जीवन-शक्ति को समाहित कर रहे हैं। इस बात का सदैव ध्यान रखें कि आप विषैली गैस से युक्त वायु तो ग्रहण नहीं कर रहे हैं या अपने द्वारा या अन्य लोगों द्वारा निःश्वासित वायु तो ग्रहण नहीं कर रहे हैं! श्वास लेने के विषय में यही सारी बातें प्रमुख हैं। रीढ़ सीधी रखें, वक्षस्थल लचीला हो, शुद्ध वायु ग्रहण करें। इस बात के आभारी रहें कि हर श्वास के साथ आप शाश्वत जीवन को अपने में समा रहे हैं। अन्य सभी बातों के पहले इस बात पर विचार करें कि आपने इस क्रिया को भलीभाँति सीख लिया है। हाँ, परमेश्वर के प्रति कृतज्ञता का भाव सदैव बनाए रखें।

□

15

निद्रा

जीवन-शक्ति निद्रा के दौरान पुनः नवीन हो जाती है। हर जीवित वस्तु/प्राणी निद्रा लेता है। मनुष्य, पशु, सरीसृप, मछलियाँ तथा कीट सभी सोते हैं। यहाँ तक कि वृक्ष व पादप भी नियमित अंतराल से नींद लेते हैं। इसका कारण यह है कि निद्रावस्था में हम प्रकृति में व्याप्त जीवन सिद्धांत के संपर्क में आते हैं तथा हमारा जीवन नवीनीकृत हो जाता है। निद्रा में ही हमारे मस्तिष्क को नई ऊर्जा मिलती है तथा हमारे भीतर स्थित स्वास्थ्य के सिद्धांत को एक नई शक्ति। सर्वप्रथम महत्त्वपूर्ण है कि हम एक प्राकृतिक, सामान्य तथा स्वस्थ निद्रा लें।

निद्रा के बारे में अध्ययन करते हुए हमने इस बात पर गौर किया कि जाग्रत् अवस्था की अपेक्षा निद्रावस्था में श्वास लेना अपेक्षाकृत अधिक गहरा, प्रबल एवं लयकारी होता है। जाग्रत् अवस्था की अपेक्षा निद्रावस्था में वायु अधिक भीतर तक जाती है तथा इससे यह ज्ञात होता है कि शरीर में नवीनीकरण की प्रक्रिया के लिए स्वास्थ्य के सिद्धांत को वातावरण में उपस्थित किसी विशेष तत्त्व की बड़ी मात्रा में आवश्यकता होती है।

यदि आप प्राकृतिक वातावरण में सो रहे हैं तो इस बात का विशेष ध्यान रखें कि आपके आसपास के वातावरण में साँस लेने के लिए प्रचुर मात्रा में ताजा एवं शुद्ध वायु हो। अपने शयनकक्ष में शुद्ध वायु के

आवागमन की उचित व्यवस्था रखें। कमरे का वातावरण लगभग बाहर जैसा ही हो। कमरे के दोनों ओर का कम-से-कम एक दरवाजा अथवा खिड़की यथासंभव खुली रहे। यदि आपके कक्ष में वायु का प्रवाह बहुत अच्छा न हो तो अपने पलंग का सिरहाना खुली खिड़की या दरवाजे की ओर कर लें, जिससे कि बाहर से आनेवाली वायु सीधे आपके चेहरे पर आए। मौसम चाहे जितना भी बुरा व ठंडा हो, कमरे की एक खिड़की पूरी तरह से खुली रहे और सुनिश्चित करें कि कक्ष की वायु गतिमान हो। आवश्यकतानुसार स्वयं को गरम रखने के लिए कई परतों में चादर, कंबल, रजाई इत्यादि ओढ़ें; किंतु कक्ष में बाहर से आनेवाली वायु की प्रचुर मात्रा होनी चाहिए। स्वस्थ एवं अच्छी नींद की यही प्रथम आवश्यकता है।

यदि आप 'मृत' या स्थिर वायु में सोएँगे तो आपके मस्तिष्क एवं तंत्रिकाओं के केंद्र नवीन ऊर्जा प्राप्त करने से वंचित रह जाएँगे। आपके रहने का वातावरण प्राकृतिक जीवन सिद्धांत से जीवंत होना चाहिए। मैं आपसे पुनः कहता हूँ कि इस विषय में कोई समझौता नहीं करना चाहिए।

यदि आप 'मृत' या स्थिर वायु में सोएँगे तो आपके मस्तिष्क एवं तंत्रिकाओं के केंद्र नवीन ऊर्जा प्राप्त करने से वंचित रह जाएँगे। आपके रहने का वातावरण प्राकृतिक जीवन सिद्धांत से जीवंत होना चाहिए। मैं आपसे पुनः कहता हूँ कि इस विषय में कोई समझौता नहीं करना चाहिए। यह सुनिश्चित कीजिए कि आपका शयनकक्ष पूर्णरूप से हवादार हो, जिससे जब आप सो रहे हों, तब भी बाहर से आनेवाली वायु कमरे में गतिमान हो। चाहे शीत हो या ग्रीष्म, यदि आप अपने कक्ष के दरवाजे बंद करके सोते हैं तो इसका सीधा अर्थ है कि आप अस्वस्थ वातावरण में हैं।

शुद्ध वायु ग्रहण करें। यदि ऐसा संभव न हो तो वहाँ से हट जाएँ। यदि आप का शयनकक्ष हवादार नहीं है तो अपना घर बदल लें।

अगली महत्त्वपूर्ण बात है, सोने से पूर्व आपकी मन:स्थिति। आप पूर्ण अभिज्ञान एवं लक्ष्यपूर्वक निद्रा के लिए जाएँ। यह विचार करते हुए लेटें कि निद्रा आवश्यक शक्तिवर्धक है तथा इस दृढ़ आस्था के साथ सोएँ कि आप पुन: नवीन शक्ति प्राप्त करेंगे और जब आप जागेंगे तो नवीन स्फूर्ति, ऊर्जा एवं स्वास्थ्य से पूर्ण होंगे। जैसे भोजन करते समय आपका लक्ष्य होता है, वैसे ही सोते समय भी अपना लक्ष्य बनाकर चलें। जब आप विश्राम के लिए जाएँ, तब चिंतन के लिए कुछ क्षण अवश्य दें।

अपनी नींद को सफल बनाने के लिए अपनी शायिका पर उदास भाव से न जाएँ, प्रसन्नतापूर्वक जाएँ। शयन पर जाने से पहले कृतज्ञता के अभ्यास को न भूलें। नेत्र बंद करने से पहले स्वास्थ्य की राह दिखाने हेतु ईश्वर के प्रति आभार प्रकट करें और इसी विचार को सर्वोपरि रखते हुए विश्राम की अवस्था में जाएँ।

अपनी नींद को सफल बनाने के लिए अपनी शायिका पर उदास भाव से न जाएँ, प्रसन्नतापूर्वक जाएँ। शयन पर जाने से पहले कृतज्ञता के अभ्यास को न भूलें। नेत्र बंद करने से पहले स्वास्थ्य की राह दिखाने हेतु ईश्वर के प्रति आभार प्रकट करें और इसी विचार को सर्वोपरि रखते हुए विश्राम की अवस्था में जाएँ।

सोने से पूर्व कृतज्ञता–युक्त प्रार्थना अत्यंत महत्त्वपूर्ण है। यह प्रार्थना आपके अंत:स्थित स्वास्थ्य सिद्धांत को अपने स्रोत के संपर्क में रखती है, जिससे आपको इस अवचेतन अवस्था की शांति में नवीन ऊर्जा प्राप्त होती है।

आप स्वयं देखेंगे कि स्वस्थ निद्रा की आवश्यकताएँ बहुत अधिक

कठिन नहीं हैं। सर्वप्रथम यह सुनिश्चित करना है कि बाहर की शुद्ध वायु आपके शयन कक्ष में आती रहे। दूसरा, प्रार्थना के द्वारा आपका अंतर्मन उस परम तत्त्व के सान्निध्य में रहे तो बाकी सब ठीक ही होगा।

यदि आपको अनिद्रा का रोग है तो इसके कारण चिंतित होने की आवश्यकता नहीं है। जब तक आप जागें, स्वास्थ्य का चिंतन करें, अपने जीवन के लिए कृतार्थ अनुभव करें। गहरे आत्मविश्वास से आप कुछ ही समय में सो जाएँगे। श्वास लें और सचमुच आप सो जाएँगे। अनिद्रा भी अन्य रोगों की तरह यहाँ बताए गए स्वास्थ्य सिद्धांत के द्वारा उत्पन्न सकारात्मक सोच एवं कार्यों के समक्ष घुटने टेक देगी। पाठकों को अब यह भलीभाँति समझ में आ गया होगा कि जीवन की ऐच्छिक क्रियाओं को सुचारु रूप से संपन्न करना कोई बोझिल कार्य नहीं है। स्वास्थ्यकर तरीका सबसे सरल, आसान, प्राकृतिक एवं सुखकर है। अच्छा स्वास्थ्य बनाए रखना कोई कलाकारी, कठिनाई या घोर परिश्रम का कार्य नहीं है। बस, आपको हर तरह की कृत्रिमता से दूर रहना होगा तथा अपने भोजन, पानी, श्वास एवं निद्रा को अधिकतम प्राकृतिक रखना होगा; और यदि ऐसा आप करते हैं तो अवश्य ही स्वस्थ रहेंगे।

□

16
पूरक निर्देश

स्वस्थ होने का विचार बनाने के लिए आवश्यक है कि आप ऐसी कल्पना करें, जैसे आप पूर्ण स्वस्थ होते हुए करते हैं; स्वयं को एक ऐसे व्यक्ति के रूप में देखिए कि आप पूर्ण स्वस्थ एवं ऊर्जावान् हैं और सभी कार्यों को करने में सक्षम हैं। ऐसा तब तक कीजिए, जब तक वह विचार आपके अंदर पूरी तरह समाहित न हो जाए।

तत्पश्चात् इस विचार के साथ मानसिक एवं शारीरिक सामंजस्य स्थापित कीजिए तथा इस विचार से दूर मत जाइए। आप अपनी इच्छा को स्वयं के साथ अपने विचारों में एकाकार कीजिए और जिस भी स्थिति को विचारों में आप अपने साथ एकाकार करेंगे, वह शीघ्र ही शरीर के साथ भी जुड़ जाएगी। अरुचिकर एवं अप्रिय बातों से स्वयं को दूर करने तथा प्रिय बातों से अपने संबंधों को जोड़ने का यही वैज्ञानिक तरीका है। पूर्ण स्वास्थ्य का विचार बनाएँ और स्वयं को उच्च विचार के साथ मन, कर्म एवं वचन से जोड़ें। अपनी वाणी पर ध्यान दें। आपका प्रत्येक शब्द उस स्वास्थ्य के विचार के सामंजस्य में हो। कभी असंतुष्ट न हों। कभी इस प्रकार की बातें न बोलें—'पिछली रात मैं ठीक से नहीं सो पाया', 'मेरी कमर में दर्द है', 'मुझे आज बिल्कुल अच्छा नहीं लग रहा है' ···इत्यादि। बल्कि ऐसा बोलें— 'मुझे आज अच्छी नींद आने वाली है', 'मैं शीघ्र ठीक हो रहा हूँ' तथा इसी तरह की आशावादी बातें

करें। जहाँ तक रोगों से जुड़ी हुई बातों का संबंध है, आपका तरीका यह होना चाहिए कि आप उन्हें भूल जाएँ और जहाँ तक स्वास्थ्य से जुड़ी हुई बातों का संबंध है, आपको उनके साथ मन और वाणी से जुड़ जाना चाहिए। सारी बातों का संक्षेप में सार यह है कि मन, वाणी एवं कर्म से स्वयं को स्वास्थ्य से जोड़कर रखें और इसके विपरीत मन, कर्म एवं वचन से रोग से दूरी बनाए रखें।

'डॉक्टर की सलाह' या मेडिकल साहित्य अथवा ऐसा साहित्य, जो यहाँ दिए गए सिद्धांतों का विरोधाभासी हो, कभी न पढ़ें। यदि आप ऐसा करते हैं तो जीने के इस ढंग पर आपकी आस्था निश्चय ही कम हो जाएगी और आप कहीं-न-कहीं रोगों से अपना मानसिक संबंध बना बैठेंगे। इस पुस्तक से आपको हर जानकारी प्राप्त होगी। कोई भी आवश्यक बात छूटी नहीं है तथा व्यर्थ की बातों को स्थान नहीं दिया गया है।

'डॉक्टर की सलाह' या मेडिकल साहित्य अथवा ऐसा साहित्य, जो यहाँ दिए गए सिद्धांतों का विरोधाभासी हो, कभी न पढ़ें। यदि आप ऐसा करते हैं तो जीने के इस ढंग पर आपकी आस्था निश्चय ही कम हो जाएगी और आप कहीं-न-कहीं रोगों से अपना मानसिक संबंध बना बैठेंगे। इस पुस्तक से आपको हर जानकारी प्राप्त होगी। कोई भी आवश्यक बात छूटी नहीं है तथा व्यर्थ की बातों को स्थान नहीं दिया गया है।

अंकगणित की तरह स्वस्थ रहने का विज्ञान भी सटीक विज्ञान है। उसके आधारभूत सिद्धांत में न तो कुछ जोड़ने की आवश्यकता है, न कुछ घटाने की। कुछ भी घटाने से उसका परिणाम असफलता होना निश्चित है। यदि आप इस पुस्तक में दिए गए जीवन जीने की कला का कठोरता से अनुसरण करते हैं तो आप स्वस्थ ही रहेंगे

तथा इसमें कोई संदेह नहीं कि आप विचार और कर्म दोनों से ही इसका पालन कर सकते हैं। न केवल स्वयं को, वरन् यथासंभव अन्य लोगों को भी अपने विचारों से पूर्ण स्वास्थ्य के संबंध बनाने के लिए प्रेरित करें। यहाँ तक कि असंतुष्ट तथा रोग से पीड़ित लोगों से सहानुभूति न दिखाकर यथासंभव उनके विचारों को सकारात्मक दिशा दिखाने का प्रयत्न करें। उनके आराम के लिए हरसंभव प्रयास कीजिए; किंतु मन में स्वास्थ्य का विचार हो, रोग का नहीं।

लोग आपको अपने कष्ट एवं रोग की सूची बताएँ, इससे पहले ही उन्हें रोक दें। उस वार्त्तालाप का विषय बदलें या क्षमा-याचना सहित उस वार्त्तालाप से स्वयं को अलग कर लें। रोगों का विचार आपके ऊपर हावी हो, इससे बेहतर होगा कि लोग आपको असंवेदनशील कहें।

लोग आपको अपने कष्ट एवं रोग की सूची बताएँ, इससे पहले ही उन्हें रोक दें। उस वार्त्तालाप का विषय बदलें या क्षमा-याचना सहित उस वार्त्तालाप से स्वयं को अलग कर लें। रोगों का विचार आपके ऊपर हावी हो, इससे बेहतर होगा कि लोग आपको असंवेदनशील कहें।

यदि आपकी संगति ऐसे लोगों से है, जिनके वार्त्तालाप का विषय सदैव रोग एवं उससे संबंधित विषय ही हैं तो उनकी बातों की उपेक्षा करते हुए स्वास्थ्य के प्रति अपनी मानसिक दृढ़ता के लिए प्रार्थना करें। फिर भी, उनके विचार आपकी ओर आना बंद न हों तो उनसे सादर विदा ले लें।

इस बात की चिंता न करें कि वे आपके बारे में क्या सोचेंगे अथवा क्या कहेंगे ? अपनी नम्रता के चलते लोगों को इस बात की अनुमति न दें कि वे रोगी या विकृत विचारों से आपको विषाक्त कर सकें। जब हमारे पास से कुछ सैकड़ों-हजारों की संख्या में प्रसिद्ध विचारक हो जाएँगे,

जो इस प्रकार रोग की चर्चा करनेवाले लोगों के साथ में नहीं खड़े होंगे तो विश्व तीव्रता से स्वास्थ्य की ओर बढ़ेगा। जब आप रोग की चर्चा करनेवालों के साथ होंगे तो आप रोग को बढ़ाने में सहायक होंगे।

- **कष्ट में होने के समय मैं क्या करूँ? क्या वास्तव में शारीरिक कष्ट होते हुए भी कोई स्वस्थ होने का चिंतन कर सकता है?**

जी हाँ, कष्ट का प्रतिरोध मत कीजिए। इसकी अच्छाई को पहचानिए। किसी अप्राकृतिक स्थिति पर विजय प्राप्त करने के लिए स्वास्थ्य के सिद्धांत द्वारा किए गए प्रयासों के कारण ही कष्ट होता है। आप इस बात को जान लें और अनुभव करें। जब कभी आपको कष्ट हो तो यह समझ लें कि शरीर के उस प्रभावित हिस्से को सही करने की प्रक्रिया चल रही है। मानसिक रूप से इसमें सहयोग कीजिए। जो शक्ति यह कष्ट उत्पन्न कर रही है, उसके साथ पूर्ण मानसिक सामंजस्य स्थापित कीजिए—उसकी सहायता एवं सहयोग कीजिए। आवश्यकता पड़ने पर गरम सिंकाई इत्यादि से न हिचकिचाएँ तथा होनेवाली उस प्रक्रिया में सहयोग करें। यदि पीड़ा अधिक भयंकर हो तो लेट जाएँ तथा अपने मन को शांतिपूर्वक उस शक्ति का सहयोग करने के लिए मनाएँ, जो आपके हित

कष्ट का प्रतिरोध मत कीजिए। इसकी अच्छाई को पहचानिए। किसी अप्राकृतिक स्थिति पर विजय प्राप्त करने के लिए स्वास्थ्य के सिद्धांत द्वारा किए गए प्रयासों के कारण ही कष्ट होता है। आप इस बात को जान लें और अनुभव करें। जब कभी आपको कष्ट हो तो यह समझ लें कि शरीर के उस प्रभावित हिस्से को सही करने की प्रक्रिया चल रही है।

के लिए कार्य कर रही है। आपकी अपनी कृतज्ञता एवं आस्था के प्रयोग का यही उचित समय है। उस शक्ति का आभार मानिए, जो आपको पीड़ा दे रही है और यह विश्वास रखिए कि अच्छे कार्य संपन्न होते ही आपकी पीड़ा समाप्त हो जाएगी। पूर्ण विश्वास के साथ अपने विचारों को उस स्वास्थ्य शक्ति पर केंद्रित कीजिए, जो आपके लिए इस प्रकार परिस्थितियाँ निर्मित कर रही है। इससे पीड़ा के प्रति आपकी सोच अनावश्यक हो जाएगी। आप पीड़ा पर अपनी जीत से अचंभित हो जाएँगे और एक बार आप इस वैज्ञानिक तरीके से जी लेंगे तो कष्ट व पीड़ा आपके लिए अपरिचित हो जाएँगे।

पूर्ण विश्वास के साथ अपने विचारों को उस स्वास्थ्य शक्ति पर केंद्रित कीजिए, जो आपके लिए इस प्रकार परिस्थितियाँ निर्मित कर रही है। इससे पीड़ा के प्रति आपकी सोच अनावश्यक हो जाएगी। आप पीड़ा पर अपनी जीत से अचंभित हो जाएँगे और एक बार आप इस वैज्ञानिक तरीके से जी लेंगे तो कष्ट व पीड़ा आपके लिए अपरिचित हो जाएँगे।

- **जब मैं किसी कार्य के लिए स्वयं को दुर्बल अनुभव करूँ, तब क्या करूँ? क्या मैं ईश्वर पर आस्था रखते हुए अपनी शक्ति से परे जाकर कार्य करूँ? क्या किसी 'दूसरे सहारे' की आशा में धावक की तरह दौड़ता रहूँ?**

जी नहीं, बिल्कुल नहीं। यदि आप इस तरह से अपना जीवन जीने लगे, तब आपके पास सामान्य ऊर्जा नहीं होगी; बल्कि आप निम्न शारीरिक स्थिति से उच्चतर स्थिति में पहुँच जाएँगे। यदि स्वास्थ्य एवं ऊर्जा से आप अपना मानसिक संबंध स्थापित कर लेते हैं तथा जीवन की ऐच्छिक क्रियाओं को सही प्रकार से निभाते हैं तो

दिन–प्रतिदिन आपकी ऊर्जा में वृद्धि होगी। किंतु कभी–कभी ऐसा भी हो सकता है कि आपको अपने इच्छित कार्यों को करने के लिए ऊर्जा का अभाव अनुभव हो।

ऐसे समय में आप विश्राम करें तथा कृतज्ञता अनुभव करने का अभ्यास करें। इस तथ्य को स्वीकारें कि आपकी ऊर्जा शक्ति तीव्रता से बढ़ रही है तथा उस ऊर्जा के साथ मौलिक स्रोत के प्रति कृतज्ञता का अनुभव करें, जहाँ से प्रभावित होकर यह ऊर्जा आप तक पहुँच रही है। अपनी दुर्बलता का एक घंटा विश्राम एवं आभार में व्यतीत करें, इस विश्वास के साथ कि महा ऊर्जा आपके बिल्कुल समीप है और उसके बाद पुनः अपने कार्य आरंभ कर दीजिए।

विश्राम करते समय अपनी वर्तमान दुर्बलता पर ध्यान न देते हुए आनेवाली ऊर्जा के बारे में सोचें। किसी भी समय दुर्बलता के अधीन होने का विचार मन में न लाएँ। विश्राम की अवस्था में या निद्रा के पूर्व अपने मन को स्वास्थ्य सिद्धांत पर एकाग्र करें, जो आपको पूर्ण ऊर्जा प्रदान करेगा।

विश्राम करते समय अपनी वर्तमान दुर्बलता पर ध्यान न देते हुए आनेवाली ऊर्जा के बारे में सोचें। किसी भी समय दुर्बलता के अधीन होने का विचार मन में न लाएँ। विश्राम की अवस्था में या निद्रा के पूर्व अपने मन को स्वास्थ्य सिद्धांत पर एकाग्र करें, जो आपको पूर्ण ऊर्जा प्रदान करेगा।

- **कोष्ठबद्धता (कब्ज), जिसके मृत्यु–तुल्य कष्ट से प्रतिवर्ष लाखों लोग पीड़ित होते हैं, के प्रति मैं क्या करूँ ?**

चिंता मत कीजिए। होरेस फ्लेचर की पुस्तक 'द ए बी–जेड ऑफ अवर ओन न्यूट्रीशन' पढ़ें और इस बात का ज्ञान प्राप्त करें कि जब आप इस वैज्ञानिक पद्धति से अपना जीवन जिएँगे तो आपके शरीर

को कम-से-कम मल पदार्थ निष्कासित करने की आवश्यकता होगी तथा निर्देशानुसार यदि आप शाकाहार ग्रहण करेंगे तो इस समस्या का अधिकतम उपचार हो जाएगा। अधिक मात्रा में भोजन करनेवालों—जो अपनी आवश्यकता से तीन से दस गुना तक अधिक वसा, मांस एवं स्टार्च का सेवन करते हैं तथा उसको पचाने में सहायक शाकाहार का प्रयोग नहीं करते—के शरीर में बड़ी मात्रा में अवशिष्ट पदार्थ एकत्र हो जाते हैं। किंतु यदि आप मेरे द्वारा बताए हुए तरीके से रहेंगे तो स्थिति कुछ और होगी। यदि आप केवल तभी खाएँगे, जब क्षुधा उत्पन्न हो, हर ग्रास को तरल होने तक चबाएँगे तथा क्षुधा समाप्त होने का संकेत पाते ही खाना बंद कर देंगे तो आपका खाया हुआ भोजन इतने सुचारु रूप से पच जाएगा और अवशोषित होकर शरीर में ही समा जाएगा कि आपकी आँतों में कम-से-कम मल एकत्र होगा और आपको कम-से-कम मल पदार्थ निष्कासित करना पड़ेगा। यदि आप डॉक्टर के परामर्श तथा दवाइयों से पूरी तरह छुटकारा प्राप्त करना चाहते हैं तो इस विषय (कब्ज) पर ध्यान देना बंद कर दें। स्वास्थ्य का सिद्धांत स्वयं ही इस समस्या से निपट लेगा। किंतु यदि आपका मन कब्ज के भयभीत करनेवाले विचारों से जकड़ा हुआ है तो अच्छा होगा कि

यदि आप केवल तभी खाएँगे, जब क्षुधा उत्पन्न हो, हर ग्रास को तरल होने तक चबाएँगे तथा क्षुधा समाप्त होने का संकेत पाते ही खाना बंद कर देंगे तो आपका खाया हुआ भोजन इतने सुचारु रूप से पच जाएगा और अवशोषित होकर शरीर में ही समा जाएगा कि आपकी आँतों में कम-से-कम मल एकत्र होगा और आपको कम-से-कम मल पदार्थ निष्कासित करना पड़ेगा।

कभी-कभी आप गरम पानी से अपनी आँतों की सफाई करें। यद्यपि ऐसा करने की कोई आवश्यकता नहीं है, किंतु आपके मन का भय-मुक्त होना भी आवश्यक है। जैसे ही आपको लाभ प्राप्त होने लगे, आप अपने भोजन में कुछ कटौती कर लें तथा वैज्ञानिक तरीके से भोजन लेना आरंभ कर दें और कब्ज के विचार को अपने मन-मस्तिष्क से सदा के लिए निकाल बाहर करें। अपने अंतर्मन में केवल उसी सिद्धांत पर आस्था रखें, जिससे आपको स्वस्थ रहने की ऊर्जा प्राप्त हो रही है। जीवन-सिद्धांत के प्रति कृतज्ञ होते हुए परम शक्ति से जुड़ें और जीवन का आनंद उठाएँ।

आप अपने भोजन में कुछ कटौती कर लें तथा वैज्ञानिक तरीके से भोजन लेना आरंभ कर दें और कब्ज के विचार को अपने मन-मस्तिष्क से सदा के लिए निकाल बाहर करें। अपने अंतर्मन में केवल उसी सिद्धांत पर आस्था रखें, जिससे आपको स्वस्थ रहने की ऊर्जा प्राप्त हो रही है। जीवन-सिद्धांत के प्रति कृतज्ञ होते हुए परम शक्ति से जुड़ें और जीवन का आनंद उठाएँ।

- **व्यायाम के बारे में आपका क्या खयाल है ?**

साधारणत: हर व्यक्ति दिन भर में अपनी मांसपेशियों का हर तरह से उपयोग कर लेता है। यदि आप इनका और अधिक उपयोग करना चाहें तो स्वयं को किसी खेल या मनोरंजक कार्य में व्यस्त कर लें। किसी भी व्यायाम को सहज रूप में करें—मनोरंजन के रूप में, बल-प्रदर्शन के रूप में नहीं। घुड़सवारी करें, साइकिल चलाएँ, टेनिस खेलें, चाहे गेंद उछालें। कोई साध्य कार्य करें, जैसे बागबानी, जिसमें आप प्रतिदिन आनंदपूर्वक एक घंटा व्यतीत कर सकते हैं। ऐसे हजारों कार्य हैं, जिन्हें करने से आपके

शरीर का समुचित व्यायाम हो सकता है। शरीर लचीला बनता है, रक्त-प्रवाह सही रहता है, फिर भी ये कार्य 'स्वस्थ रहने के लिए तथाकथित व्यायाम' की श्रेणी में नहीं आते! यह मानकर व्यायाम कीजिए कि आप आवश्यकता से अधिक स्वस्थ हैं। स्वस्थ होने तथा बने रहने के लिए व्यायाम मत कीजिए।

• क्या लंबे समय तक उपवास करना आवश्यक है?

कभी-कभी स्वास्थ्य के सिद्धांत को कार्यान्वित होने में बीस, तीस या चालीस दिनों की आवश्यकता नहीं होती। साधारण परिस्थितियों में क्षुधा इससे बहुत कम समय में उत्पन्न हो जाती है। अधिकतर लंबे उपवास में भूख जल्दी इसलिए नहीं लगती, क्योंकि व्यक्ति स्वयं उसे भीतर ही रोक लेता है। वस्तुतः वह आशा से नहीं, वरन् इस भय से उपवास आरंभ करता है कि उसे बहुत दिनों बाद भूख लगेगी। इस विषय पर उसने जो साहित्य पढ़ा होता है, वह उसे एक लंबे उपवास की अपेक्षा हेतु तैयार करता है और वह बुझे मन से उसे समाप्त करने के लिए दृढ़ हो जाता है, चाहे कितना भी लंबा समय हो जाए! हमारा अवचेतन मन किन्हीं शक्तिशाली एवं सकारात्मक संकेतों के प्रभाव से क्षुधा रोक देता है।

साधारण परिस्थितियों में क्षुधा इससे बहुत कम समय में उत्पन्न हो जाती है। अधिकतर लंबे उपवास में भूख जल्दी इसलिए नहीं लगती, क्योंकि व्यक्ति स्वयं उसे भीतर ही रोक लेता है। वस्तुतः वह आशा से नहीं, वरन् इस भय से उपवास आरंभ करता है कि उसे बहुत दिनों बाद भूख लगेगी।

यदि किसी भी कारण से प्रकृति आपकी भूख समाप्त कर देती है तो भी आप सामान्य दिनचर्या के कार्य प्रसन्नतापूर्वक करें और तब तक

न खाएँ, जब तक प्रकृति आपकी क्षुधा पुनः लौटा न दे। यदि यह समय दो, तीन, दस या इससे भी अधिक दिनों का हो तो बस, आप इस बात से निश्चिंत रहिए कि जब आपके भोजन का समय होगा, आपको तीव्र क्षुधा का अनुभव होगा। यदि आप सहर्ष विश्वास करेंगे तथा स्वास्थ्य में आस्था रखेंगे तो आपको इस उपवास से किसी भी प्रकार की दुर्बलता या कष्ट का अनुभव नहीं होगा।

यदि आप भूखे नहीं हैं तो आप स्वयं को अधिक सशक्त एवं प्रसन्न अनुभव करेंगे, न कि बिना भूख के कुछ खाने पर, भले ही आपका उपवास कितना भी लंबा क्यों न हो! यदि आप इस पुस्तक में बताए गए वैज्ञानिक तरीके से रहेंगे तो आपको लंबे उपवास की आवश्यकता ही नहीं पड़ेगी। बहुत से बहुत आपके एक या दो आहार ही चूकेंगे, अन्यथा आप भोजन का वह आनंद उठाएँगे, जो आपने जीवन में कभी अनुभव नहीं किया होगा। ध्यान रहे, भोजन तभी करें, जब तीव्र क्षुधा का अनुभव हो और जब भी तीव्र क्षुधा उत्पन्न हो, भोजन अवश्य करें।

□

17

स्वस्थ रहने के विज्ञान का सारांश

पूर्णतः प्राकृतिक क्रिया-कलाप एवं सामान्य जीवन ही स्वास्थ्य है। ब्रह्मांड में एक जीवन सिद्धांत है; यह जीवन तत्त्व है, जिससे सभी चीजों की रचना हुई है। यह जीवन तत्त्व ब्रह्मांड के हर रिक्त स्थान में प्रवेश कर इसके अंतराल को भरता है। यह अदृश्य अवस्था में भी हर किसी में व्याप्त है तथा विभिन्न रूपों की रचना भी इसी से हुई है। इसकी व्याख्या इस प्रकार की जा सकती है—मान लीजिए कि अत्यंत सूक्ष्म एवं उच्च फैलाववाली जल-वाष्प को किसी हिमखंड में प्रविष्ट होना है। हिम की रचना भी जीवन-युक्त जल से हुई है तथा यह जीवन-युक्त जल का ही एक रूप है, जबकि वाष्प भी जीवन-युक्त जल ही है, जो निराकार है और अपने ही एक रूप में समाविष्ट हो जाती है। इस उदाहरण से स्पष्ट हो जाता है कि किस प्रकार जीवन तत्त्व अपने ही बनाए विभिन्न रूपों में प्रविष्ट होता है। सबको इसी से जीवन प्राप्त होता है, यही सबका जीवन है। यह शाश्वत बुद्धि तत्त्व है तथा अपने विचार के अनुसार आकार लेता है। इसके द्वारा किसी आकार का विचार ही आकार की सृष्टि करता है और गति का विचार गति उत्पन्न करता है। इसकी विचार-प्रक्रिया निरंतर चलती रहती है, फलस्वरूप निरंतर सृजनात्मक बनी रहती है तथा यह अपने अधिकतम एवं पूर्ण अभिव्यक्ति की ओर प्रवृत्त रहता है। इसका अर्थ है—अधिक पूर्ण जीवन एवं अधिकाधिक कुशल क्रिया-कलाप—

इसका आशय पूर्ण स्वास्थ्य की ओर है।

जीवन तत्त्व की ऊर्जा सदैव पूर्व स्वास्थ्य की ओर प्रवाहित होती रहती है। यह वह शक्ति है, जो सभी क्रिया-कलापों को सुगम एवं सुचारु बनाती है। यह शक्ति सभी में व्याप्त है।

मनुष्य इस शक्ति से संबंध स्थापित कर सकता है और उसके साथ एक रूप हो सकता है। वह अपने विचारों द्वारा स्वयं को उससे अलग भी कर सकता है।

मनुष्य उसी जीवन तत्त्व का एक रूप है तथा अपने भीतर एक स्वास्थ्य का सिद्धांत समाए हुए है। यह स्वास्थ्य का सिद्धांत जब पूर्णतः सृजनात्मक सक्रियता में होता है, तब मानव शरीर की सभी अनैच्छिक क्रियाओं को भलीभाँति निष्पादित करता है। मनुष्य एक विचारशील तत्त्व है, जो साकार शरीर में है तथा उसके शरीर की सारी प्रक्रियाएँ उसके विचार से नियंत्रित होती हैं।

मनुष्य उसी जीवन तत्त्व का एक रूप है तथा अपने भीतर एक स्वास्थ्य का सिद्धांत समाए हुए है। यह स्वास्थ्य का सिद्धांत जब पूर्णतः सृजनात्मक सक्रियता में होता है, तब मानव शरीर की सभी अनैच्छिक क्रियाओं को भलीभाँति निष्पादित करता है। मनुष्य एक विचारशील तत्त्व है, जो साकार शरीर में है तथा उसके शरीर की सारी प्रक्रियाएँ उसके विचार से नियंत्रित होती हैं।

जब व्यक्ति स्वस्थ विचारों का चिंतन करता है तो उसके शरीर की आंतरिक क्रियाएँ स्वस्थ होती हैं। पूर्ण स्वास्थ्य की ओर मनुष्य का प्रथम चरण यह होना चाहिए कि वह स्वयं को पूर्ण स्वस्थ व्यक्ति के रूप में विचार करे तथा यह माने कि वह एक स्वस्थ व्यक्ति की तरह सारे कार्य कर सकता है। इस तरह की धारणा के साथ उसे अपने विचारों द्वारा इससे जुड़ जाना चाहिए तथा रोग एवं

दुर्बलता से अपने वैचारिक संबंध तोड़ लेने चाहिए।

यदि वह ऐसा करता है तथा स्वास्थ्य के बारे में सकारात्मक आस्था से चिंतन करता है तो वह अंतर्निहित स्वास्थ्य सिद्धांतों को सकारात्मक रूप से सक्रिय कर लेता है तथा अपनी सारी व्याधियों का उपचार कर लेता है। वह अपनी आस्था के द्वारा शाश्वत जीवन से अतिरिक्त ऊर्जा भी प्राप्त कर सकता है। यदि व्यक्ति उस जीवन तत्त्व से निरंतर प्रवाहित होनेवाले आरोग्य को चेतन रूप से स्वीकार करता है तथा उसके प्रति कृतज्ञता का अनुभव करता है तो उसकी आस्था और विकसित होती जाती है। यदि व्यक्ति शरीर की ऐच्छिक क्रियाओं को भलीभाँति संपन्न नहीं करता तो वह पूर्ण स्वास्थ्य का विचार धारण नहीं कर सकता। ये ऐच्छिक क्रियाएँ हैं—भोजन करना, जल ग्रहण करना, श्वास लेना तथा निद्रा लेना। यदि व्यक्ति के विचारों के स्वस्थ होने के साथ-साथ उसकी ऐच्छिक क्रियाएँ भी स्वस्थ हैं, तभी वह पूर्ण स्वस्थ होगा।

एक निश्चित विचार एवं क्रिया का परिणाम है स्वास्थ्य और यदि कोई रोगी व्यक्ति इनका अनुसरण करे तो वह अपने भीतर स्थित स्वास्थ्य की शक्ति को जाग्रत् कर सभी रोगों से मुक्ति पा सकता है। यह शक्ति सभी रोगों का उपचार करने में सक्षम होती है। इस प्रकार, हर व्यक्ति पूर्ण स्वास्थ्य प्राप्त कर सकता है।

□□□